主编 凌翔　　　　　当代著名作家美文自选集

生活，与诗意言和

张淑萍 著

民主与建设出版社
·北京·

© 民主与建设出版社，2019

图书在版编目 (CIP) 数据

生活，与诗意言和 / 张淑萍著 . —北京：民主与建设出版社，2019.12
ISBN 978-7-5139-2760-4

Ⅰ. ①生… Ⅱ. ①张… Ⅲ. ①散文集—中国—当代 Ⅳ. ① I267

中国版本图书馆 CIP 数据核字（2019）第 248109 号

生活，与诗意言和
SHENGHUO, YU SHIYI YANHE

出 版 人	李声笑
著　　者	张淑萍
责任编辑	周佩芳
封面设计	陈　姝
出版发行	民主与建设出版社有限责任公司
电　　话	（010）59417747　59419778
社　　址	北京市海淀区西三环中路 10 号望海楼 E 座 7 层
邮　　编	100142
印　　刷	唐山楠萍印务有限公司
版　　次	2020 年 1 月第 1 版
印　　次	2020 年 1 月第 1 次印刷
开　　本	710 毫米 ×1000 毫米　1/16
印　　张	13
字　　数	200 千字
书　　号	ISBN 978-7-5139-2760-4
定　　价	49.80 元

注：如有印、装质量问题，请与出版社联系。

目　录

第一辑　路过红尘，温暖

妈妈，女儿想你了　002
点亮乡愁　007
时光深处的村庄　011
故乡印象　铅华淡淡　016
故乡的春　清明澄澈　020
初冬寄远　023
乡恋　026
新居随笔　030
深处的晨　033
听雪　037
纸上花开　039

第二辑　叶语悠然，微澜

七月，遇见美好　044
莲花朵朵开　047
寻常　052
痴意的纯粹　056
城池　059
瞬间雨意　063
味之觉　066

离尘半日　070
聆听　074
三月，琐记　077
四月书签　081
浮生若梦　085

第三辑　风中歌吟，心痕

九月微凉　090
秋凉　093
十月心简　096
痕迹　099
一瞬芳华　102
心素若简　105
浮光掠影　108
时光的流逝　113
浮世清欢　116
未干的水墨　119

第四辑　如歌行板，光影

窗外的光阴　124
笔随心走　127
岁末碎碎念　131
给点阳光就灿烂　134

距离红尘有多远　138
春初旧笺　143
阳光暖暖　147
心迹墨痕　151
春末小语　154

第五辑　流光思舞，轻语

轻语随笔一　158
轻语随笔二　162
轻语随笔三　166
轻语随笔四　170
轻语随笔五　174
轻语随笔六　179
轻语随笔七　184
轻语随笔八　189
轻语随笔九　194
轻语随笔十　199

第一辑　路过红尘，温暖

妈妈，女儿想你了

母亲是个普通的农村妇女，却用其母性的坚韧和聪慧，养育了我们姐弟四人。

也许从开始学话起，母亲便让我们叫"men 妈"（第三声）。那"men"全是从鼻子里发出来的音。时至今日，我们仍然如年少时叫着"men 妈"。

记得读二年级时，听见同学都叫"妈妈"。因着那"妈妈"的清脆与响亮，更或许那"men"音，让自己觉得童音全无，从一开始就有了苍老的味道。至少，在我所认识的同学和朋友中，叫母亲做"men 妈"的鲜有。很长一段时间无法释怀，不能释怀于母亲当初错误的"教导"，而导致我的童年，没有了童音，没有了清脆和稚嫩。一直是沉闷的叫着"men 妈"。

于是，很有些羡慕同学们叫"妈妈"。曾经试图改过，也问过母亲。母亲只是淡然一笑，便说"你也可以叫呀！"也曾像别人一样唤过"妈妈"。但终因别扭，自动放弃了那份尝试。

其实是自己愚钝。在于母亲，她一生叫着外婆"men 妈"，在她的思维里，"妈妈"也许是一个太娇弱的词语，而"men 妈"没来由的就多了一份沉着感。也许母亲希望这个称呼可以给她勇气和毅力。可以时时提醒尚年青的自己，更多的冷静，更多的坚韧。

记得那时年纪还小，小弟还不懂事，两个姐姐在老家念书。一日父亲出去开会未归。父亲在我们眼里，是有些不苟言笑的，所以看见父亲就有些惊惧。这样的心态，导致自己常常是对父亲的不归，是有些窃喜的。

山里的夜，很快就由黑变为冷寂。我坐着小凳，趴在小方桌上，和母亲一起就着煤油灯等着夜更深的来临。母亲一边扎着似乎永远也扎不完的鞋底，一边指点着我写数字。偶尔，把针往头发里顺一顺，母亲说头发有油，那样针可以扎得顺一些。不知是否如此，从来没有试过，因为从来没有做过鞋底。

窗外的夜一点点深了，有狼长长的嚎叫，似乎就在窗前，让那一刻的我非常的害怕。于是，我怯怯地叫着："men 妈！"母亲便停下手中的活计，看着我说："害怕么？不要怕，有 men 妈呢！"看着母亲温柔、坚定的眸子，让小小的我不由得也豪气了。挺了挺小脊梁，笑着对母亲说："不怕！"又开始重复的写着那些数字，母亲也开始安静的扎鞋底。

山里的夜晚，清幽得让人生出许许多多的幻想来。听见猫头鹰，一声接一声的苍凉着，惧意如同毛毛虫般慢慢地爬上来脊背。"men 妈！"我又小声叫着，母亲便将锥子放下，边把线挽在鞋底上，边柔声说着："我们睡吧！"那时，我便以最快的速度钻进被窝，把小身体尽最大可能的贴近母亲，不一会，便会睡去。而母亲仍然要坐在床上扎那些鞋底。

母亲温柔、坚定的眼神，一直在心里定格，总在自己害怕时想起，便会将一切的惧意挡在困难之外。如今也希望自己能有那样的眼神，看着孩子，无论生活有怎样的困苦，都给他如母亲一般的坚定和温柔。

其实母亲的故乡是丘陵区，后来因为父亲一直生活在远离故土之外的高山之间。

母亲每每提及那时，话语间都会有说不出的辛酸。刚上山时的母亲，在家连远一点的路都没有走过，何曾想过要爬如此陡峭的山，走如此坎坷的山道。母亲坐在车上，看着窗外几近垂直的山谷里，那些流淌着的溪水，留给母亲的不是美丽，而是魂飞魄散的害怕。

母亲说那时的她，是一边哭着一边爬山，一边在心里感叹着命运的不济。然而，孩子和丈夫让她别无选择。看过一则小品文，大概是说上帝让母亲流泪，是为了让她承受更多，也许母亲便是如此。

走进山里的母亲，从一个肩不能挑，手不能提的纤纤女子，长成一个可以挑起七八十斤担子翻山越岭的农妇。这其间的艰辛，不是一般人所能了解，所能承受的。

当初的父母，刚上山时，除了两袋旧衣服，两岁多的大姐，尚在襁褓中的二姐，还有一个年迈的爷爷。除此，家徒四壁。那房子也是临时的用竹子扎了，糊上泥巴凑合着的。我便是在那样的房子里降生的。

屋顶用茅草绑住，盖住便可。记得那时，已经记事了，下雨天，仍然是外面下大雨，屋内下小雨。往往在下雨时，就会锅碗瓢盆一起上阵，满屋子的琳琅满目，全是接雨水的家什。

若是逢着冬季，雪融时，更是如此。虽是接了，仍然会有漏网之鱼。但那时的我们不觉得苦，反而认为不用出门，就有水可玩，实在是一大幸事。可是对于母亲，那是怎样一种难以言喻的悲哀。看着自己年幼的孩子在那样的环境下生长，对于此刻已是母亲的我来说，能够更深切的体会到个中滋味。

生活遇到困难，会想起母亲，想起母亲的坚毅，想起母亲的柔韧，想起母亲的刚强与抗争。便会坦然面对现在的生活，便像母亲一样与生活抗争……

母亲的聪颖,是公认的。全家人的衣服,自从有了那台华南牌的缝纫机,一直就未买过。未学过一天缝纫的母亲,照着书,把全家人的四季冷暖,打理得井井有条。

记得六年级时,那时虽小,已经是开始懂得爱美的年纪。穿着母亲做的棉袄,暖和舒适,棉衣的外套,是一件粉红色嵌银线、且有着黑色蝴蝶扣的外衣。看着那黑色嵌金线的蝴蝶扣,莫名的就觉得土得掉渣,但因为一贯的没有与父母对抗的习惯,虽是满心的不喜,却还是穿着去上学了。

见到同学时,都不敢抬头打招呼,似乎所有的人都在盯着我嵌金线的蝴蝶扣,都在窃笑着我的土气。于是,心里更加的恼恨于母亲的"聪慧"。想着如果不是母亲什么都会,我断然是不会出这样的"洋相"。也对母亲的审美观,有了很大的置疑。但是因为寄宿,一个星期也只能回去一次,无论怎样的不愿,都得硬着头皮穿上六天。想想那漫长的六天,我心里的恼恨更加的深重起来……

一日,我独自一人走着,迎面碰上学校的老师。我怯生生的问候:"老师好!"看见她目光落在我的衣服上,感觉自己真正的无地自容。"这衣服是做的吗?"老师柔和的问道,"是我妈妈自己做的。"我低头回答,感觉只有万分的难堪。"真漂亮,你妈妈的手真巧!"那感叹发自内心,渗透着浓浓的欣赏。

"真漂亮!"那句充满着欣赏的赞叹。让我不再为自己的衣着而羞愧了。

母亲的聪慧还在于她能够将旧衣翻新,总是将我们穿旧的衣服,拆开来,将里外对换,那衣服便奇妙地旧貌换新颜了。

一家六口的衣着,一直是母亲在农闲时节,和农忙时熬夜赶制出来的。想象着母亲的艰辛,与自己那时的"恼恨",便有些万分的羞愧了,面对母亲的聪慧与勤劳,真正感到无地自容了……

母亲所绣的鞋垫，那花样也全是母亲所描的。母亲可以就地取材，有时是衣服上的图案，有时是盆中的花草，有时或许就是母亲随意勾画的，白菜或者香蕉，甚至会有小鸡小鸭。

虽然母亲一直做了许多的鞋垫，但我对于母亲所生产的"美丽"，一直只是处于欣赏，很少去利用。偶尔需要鞋垫了，母亲便会高兴的从柜里拿出，用多年前的头巾包裹着大小不一的鞋垫。每每那时，母亲的眼里绽放着那种快乐，如同一个孩子最心爱的东西，得到别人认可一般。那时的母亲是单纯的。

可那些眼花缭乱的美丽，让我难以取舍，总觉得哪双都那么漂亮，不忍舍弃，最终还是母亲会拿着一双她认为最漂亮的给我。而我，总会恋恋不舍的看看这双，拿拿那双，最终还是拿了母亲所选的作罢。

去年回家，也拿了几双鞋垫，其实是带给朋友。母亲拿出时仍然是很大的包裹。母亲说，都没有人穿，她不做了，再说眼也花了，要戴眼镜，不方便。

那一刻，才发现母亲的发间已经有了些许银丝。掺杂其间。母亲的皮肤也已经是典型的老年人的皮肤，古铜色，蕴满沧桑和生活的艰辛；额际的皱纹，早已让母亲的青春隐藏在深深浅浅的岁月里；曾经明亮的眼眸，此刻也已经是浑浊的暗黄了……

母亲已经老了，突然感慨于母亲的苍老，那份感觉，瞬间让我心的最深处柔软且疼痛起来……

今天，我要告诉您，来生，我还做您的女儿！

点亮乡愁

父亲

  山村的黑夜，被你的烟火点亮，把思索卷入纸烟，丝丝缕缕的向往，慢慢靠近忧伤。

  大山，是一场寂静的梦，无论你如何呐喊，也唤不出你想要的未来。嶙峋的轮廓，在暮色中凸现荒凉。

  原来，选择决定生命的走向，从此，你便阔别那一望无际的平川，岁岁与大山相伴。

  芜杂的心事，将秋后的田野铺满，艰难在日子里繁茂，枝枝蔓蔓都透着苦涩。

  而你，用斧子劈开岁月的沉疴，将心事一一搁置，点亮心灯，照彻黑夜的长廊，站在儿女身边，屹立成山的模样。

  黎明的微光，将身影写意成山水，诗意的栖居携俗世的无奈缓缓归来。

守候着土壤的沉默，于晨昏交织里，细细与大地耳语。仔细播下希望，渴望收获更多温饱。

面对贫瘠的大山，唯有在汗水淋漓里打捞幸福。

屋后啸叫的西风，唤醒农闲的愁绪，踩着眷恋的目光，把崎岖山路走成日子里漫长的向往，想，从遥远淘得富足，以期望为弓，时光为箭，射伤心底逐渐沉寂的浮躁。

安稳的生活，如一盏灯火，清冷寂寥，将荒山的空寂，映成一曲记忆里的旷远。

山风将岁月洗得与发一般白时，你已坐于黄昏里，牵一袭斩不断的思绪，在暮色苍茫里遥望远方。

对着故园的方向，喊一声娘，疼痛彻骨的背井离乡，自始就种在心上……

母亲

晨曦被你的炊烟染成蓝灰，一如你身上那件日久泛白的褂子，带着一股烟火气息，将阳光从深山里牵出。

春雨里，布谷鸟的叫声洗得清亮，脆生生地叫醒季节，那些播种了没有收成的梦，把日益艰辛的岁月，安置成细水长流的生活。

澄澈而清凉的溪水，携了一缕轻寒浸润着水畔的青石，木槌将日子在石板上敲打，日复一日擦拭生活的喑哑。低而沉闷的声响，穿越时光的隧道，时时在繁华里惊醒追逐，只是瞬间，就回到旧时。

母亲，我开始呼唤，家的颜色就开满整个季节，有一份暖，莫名温软，蕴藉他乡张狂的陌生。

青灰的天空和建筑，离熟悉如此遥远。在异乡孤独的黑夜里，母亲，就会想起你开满茧花的手,折断遍山秋色,把阳光握在手里,整个冬季摊开掌心晾晒,那些寒意,就会迅速老去。

母亲,我们唤一声,时光就会温暖一分。当耳畔充盈着呼唤,春天已经落地生根。

种下的名字,开始从嫩绿转为苍翠,蓬勃的绿意,繁衍着母亲的善良。

春意在时光深处展开,清灵灵的眉眼像母亲年轻时的模样,青葱岁月迅捷掠过想象,沧桑循着光阴的足迹,爬满脸庞。

苍颜是时光深处积淀的慈爱,从眼里延伸的牵挂,从故乡的小路一直伸向远方……

孩子

一声婴儿的呓语,叩开整个春天,苏醒的姹紫嫣红,在一片缤纷里暗蕴了香。

秋日的阳光,妩媚倾城,坚硬的词句连夜逃遁,柔软的心事,铺开一季的烂漫,满目的秋意开始涨潮,你,涉水而来……

你对世界的第一声告白,在晨曦微露中绽开,以野花的坦然,盛放在秋日的清晨。

从此,母亲这个词汇,在血液里流淌,而你,一直在我心尖上行走。

牙牙学语、蹒跚学步,一声妈妈,划破天空的阴霾,让爱在遗失的春里行走,那些绿,那些春就漫山遍野覆盖,汹涌而来的光阴悄然更改四季。

那时,你在花丛中微笑,春,深如海。

一场又一场的雨,催生故乡,那个词开始疯长,在异乡的土壤上肆意葳蕤。

每一个午夜，轻轻呼唤，你的乳名你的笑，是心尖上的疼痛，不能碰，碰了就无法言语。

你的身影，是心底最柔软的影像，在想象里肆意铺陈，轻易就暖透陌生的孤寂。

坐在城市浮华里，时时展开飞向你的心思，折叠起七月的浮光，思念就会更贴近，贴近一场想象里的相聚。

稚嫩的童音，敲开七月的雨意，昼与夜的距离，无限漫长。

有多少软语，有多少不舍，都落在别后的怀中，轻拥，泪意沾襟。

幸福，在逃亡的路口，与我狭路相逢，因为有你——我的孩子！

时光深处的村庄

似乎只要伸过手去，就能触及那原木的门。门的左边稍靠上的位置，有父亲用铁丝扭成麻花状的门栓，用铁钉固定在门上，门框上也有一个，然后用一把黑色的锁"咔嚓"，就将两个铁麻花合起来，锁住了满屋子的宁静。

那门露在外面的部分，有些近似深褐色。没有经过丝毫加工的木板，几块合钉在一起，便成了门。门面由于日日的风吹日晒，早已没有了原木的米黄色，仔细看去，仍然有年轮的印迹在视野里绕来绕去。知道门背面，上下各有一个横杠，横杠将那些木板连成了一整扇门。而门后，还有我刚识字时，从学校捡了老师用剩下的粉笔头，在门上很工整的写着 A，O，E，a，o，e。那粉笔字，因为没有及时擦拭，多雨的天气，让笔迹顺了雨意渗进了门里，怎么擦也擦不掉了。

后来渐长，又添上母亲的名字。再后来，那些 AOE 便成了我们姐弟几个的视力表，每况愈下的只是我的视力。站在同一个位置，那些逐渐模糊的字迹不断困扰了自己。伸手掩住一只眼睛，心里便莫名的恐慌了。

只是嘴硬的不肯承认，说那是 AOE，姐弟几个便哄笑起来：你当然认识，那是你自己写上去的，我便在他们的哄笑里讪讪的放开捂着眼睛的手。

如此，岁月便在捂住与放下间悄然而逝。不知不觉间，别人眼里少言寡语的女孩，此刻已经在外漂了多年。无法改变的是故乡给予的，那份根深蒂固的泥土气息，仍然会脸红着面对相熟或不相熟的人。那时，故乡便是渗入了骨子里的那份土气，一点点的将自己想象的高贵与典雅，破碎得体无完肤。

无论走在这繁华的哪个地方，总感觉自己与她的格格不入。有时甚至悲哀的想着，自己什么时候才能走成别人眼里最优雅的那个女子？那时，故乡是一把刀，锋利地割断自己所有的向往。那份永远也走不出的苍翠，在不断养育自己的思绪。而那些永远断不了的，总是与故乡深深相连的血脉。

根本用不着"穿越时光的隧道"。母亲在门前的一声呼唤，便将所有的故乡推至眼前。那些山的黛色，干净的阳光，清澈的水，湛蓝的天空，轻盈洁白的云，如洗的鸟鸣，清澈见底的溪水，微风拂面时，捎过来那份泥土的清香，炊烟袅袅里伴着的饭菜香，温馨得让人想躺下去……

那时的村庄是清新而活泼的。听见邻居的呼唤，有孩子便如归巢的雀儿一般，扑棱着翅膀冲进家门。断不了一顿数落，几乎每日相同的主题，都是关于学习，关于勤奋之类的。也就三五分钟的教训，便听见只隔着一层竹壁的他们吃饭了。

吃饭时，父亲是不许我们端着碗四处蹿的，因为畏惧父亲，只要父亲在家时，没人在吃饭时讲话。这样，便做了邻居的听众。大到国家大事，昨天看的新闻，今天听的广播，小到孩子们学校的琐事。又或者女主人与丈夫一起探讨该种什么不该种什么。那薄薄的一层竹壁，哪里能隔音，于是，不管你愿意与否，那些声音都会清晰的传入耳里。连同邻居偶尔的争吵与打闹，都如同步进行的广播剧一般。

村庄那长长的一排平房，各户只有一间。因为不够住，便自门前屋后自我延伸。我家在那一排平房的一侧，便更多了一面发展的空间，父亲便用竹篾垫和油毡又盖了屋子。侧面一间用来做了父亲的办公室，前面的一间分开来，一间做了厨房，一间做了饭后休闲的地方。冬天烤火便在那间屋子里，还放了一架石磨。而那用石头垒成的房子，便成了我们的卧室。

母亲常常在侧屋里推着石磨，而我站在一边拿了玉米或者米之类的，瞅着空子，一勺一勺的喂进磨眼里。然后，那些粉末状的玉米便自两扇石磨间纷纷扬扬。如果加上水，那粘稠的流质物，慢慢的自磨壁上淌下，感觉时光就沉浸了漫长的味道。似乎那石磨不停，时光便一直会那样凝滞着，不会老去，不管人或者事。总是怔怔地看着石磨一轮又一轮的转着圈，忘了让石磨转动的母亲，也忘了去添料。母亲便在石磨那头，轻唤我的名字，时光便又在母亲的呼唤里开始行走了。

家门前，有一条小溪，如若晴得久了，便会瘦得露出满是小石子的溪底。但故乡多雨，那样的时段，一年也难得碰上。总是清澈见底的水，那水旁满是低矮的灌木，有刺的那种，如此，便省去了很多人为的污染。常年不停歇的流淌着，都是干干净净的水，春夏时节，沟底有小蝌蚪什么的在悠然自得的游弋。

母亲为了用水方便，便在自家门前大约七八米处，将那溪沟拦腰挖深一些，有了一个椭圆的小塘，大约两米见方，于水边垫了方方的石板。清晨便于那石板上，用棒槌轻轻敲醒一天的忙碌。对于我们，那是儿时的乐园，孤独的我，更是把那里当成了夏天的游乐场。母亲是不许玩水的，瞅着母亲出去了，便于水边和弟弟一起捉了还没长腿的小蝌蚪来玩。而且在水草间，拿了一团一团的青蛙卵放在手里，滑溜溜的感觉，很让我们欢喜不已，而腥味是闻不见的。

我和小弟总想看小蝌蚪是怎么样出来的，于是将青蛙卵捧了一团回家，用小瓶子装起来。却总是等不及它的出现，孩子的心性哪里就等得了那份成长的漫长。总是在三两日后，原样的放回溪水里。隔几天去看，溪水里又多了一群又一群的小蝌蚪。便得出结论——蝌蚪在瓶子里是长不成的。

那溪水边，姐姐种了几株我们当时叫的"高杆波斯菊"的花。大约一米高，细细的杆，如针一般的叶子，花大约六七个瓣，黄色的花蕊，有白的、粉的、玫瑰红的、紫的，到开时真正的姹紫嫣红，煞是好看。因那花的自我繁殖，开始的几株，到后来，整个的溪沟边都长满了。姐姐曾经在花丛里照了一张照片，那青春飞扬的气息，居然让我有种"人面桃花相映红"的感觉。此刻想起那一片花海，仍然觉得美丽异常。

有了溪水，便一定会有桥。那桥也是最简单的，用几根废弃的木头，钉在一块便成。只是两三米长，家家门前都有。没有所谓的美观，只是实用一说。每到下雪时，那桥的简陋被雪掩住，倒也有了几分诗情画意的味道流淌着。只是那诗情画意却与现实是相背的，往往那时，你过桥便得倍加的小心了，一不小心踩偏，便会摔到满是石子的沟底。虽说不深，但也会让孩子哭个半天。冬天的溪水大多已干涸了，剩下的石头凹凹凸凸，摔下去生生的疼。

每到冬天，薄薄的竹壁断然挡不住寒风。只得在屋内的泥地上，家家都挖了个大约一米见方，深约半尺的坑，而坑的四周，必用四条长长的石板围住。坑底垫上一层灶灰，便可以用来生火了。我们叫它"火坑"，而火坑的上方，一般都会用铁链吊着一个铁水壶，一边烤火的同时，水就开了，茶就来了。

冬天的寒冷被那旺旺的火挡在身后。如果有串门的邻居来家里，一块围着火坑坐下，闲话家常，说些故事。那样的夜晚总让我爱极了，静静地坐在一旁，听平时严肃的父亲说些那时的故事，看父亲神采飞扬的笑起来，爽朗得像换了一个人似的。那时，小小的心里，便渴望父亲一直如此。而且父亲的故事总是说不完，时时翻新，让我充满着崇拜与好奇，不知道父亲的头脑里居然装了那许多的笑话与典故。

有很多的故事至今记忆犹新，特别是那些关于鬼怪的故事。极爱听，一边听一边会忍不住的向身边的人靠得更近一些。听完后，待到睡时，总是将被子蒙了头。晨起还会觉得寒意里有鬼气森森。等到下一次，仍然是竖着耳朵不放过一个字的聆听。时光便在那反复的聆听与恐惧里渐渐逝去。

冬天夜长，母亲于火坑边围了整整一圈的马铃薯，边说着话，那薯香便溢出来。一个个掏出来，那份烫只能轮换用两只手拍灰，颠颠倒倒的剥了皮，暖暖的、粉粉的感觉，寒气悄然而逝。人不多时，母亲拿我们用过的铁文具盒，装了玉米埋进灰里，过一会用火钳夹出来，簸一簸又放进灰里，我们这些孩子的眼睛紧盯着那文具盒，知道再过一时半刻有炒玉米吃了。

慢慢的吃着，说着，冬的夜慢慢深了，静了，那火势也由母亲控制得渐渐小了，整个村庄也会在雪夜里沉静下来，围坐的我们一一散去，各自睡下。

记忆里冬天的村庄，夜晚，总是闲适而温暖的。想起，就有一份懒洋洋的惬意游走在思绪里。

故乡印象　铅华淡淡

　　故乡，是记忆深处那一缕淡淡的炊烟，在心底悠然，缠绕。青灰的屋瓦下，搁置一片岁月深处的静好，那一份安详，在多年后想起，仍然清晰，一如额头逐渐老去的痕迹。

　　带着时光色泽的厚重木门，经受风雨的洗礼，已经失去旧时颜色，只有层层古老的印迹斑驳着岁月的光影。透过那日子浸染的黑褐色，偶尔也许还能觅得一丝半点蛛丝马迹，原木的颜色，隔着浮华的流年，仍然清晰。只是，需得仔细去看。那时，仿若重温多年前的旧梦，有断了的思绪，亦似乎被连接成串。

　　门上，最显眼的，是门把手，一律的铁制，用铁钉固定于门上，两扇门，各一个。呈"八"字形排列，虽是铁器，却并未因风雨而锈蚀，倒是被手摸得泛着银白的色泽。却丝毫不会与门的旧意相冲，仍然那般融洽得天衣无缝，仿若原本如此。岁月的打磨，让所有的不和谐，都隐入司空见惯的平常里。

　　门框边的对联，是父亲手书的，被阳光晒得褪了色，仍然有淡淡的粉红，墨迹却是长久的不褪却。只是因了风雨，红纸有些溃烂了，难得完整。似乎那对联只能是有雪的日子是完整的，多半日子是凌乱不堪的，于记忆里记得的还是那褪色、有了小孔的对联。贴于门边，有一份淡淡的暖，那一幅图景，总是挥之不去。旧亦旧得温馨，缺也缺得淡然。

房檐下的横梁上，父母亲将收回的玉米，三五个绑成一串，悬于梁上。那些阳光就在梁上缠绕不绝，金黄的玉米粒，无论是否天晴，都会闪着晶亮的色泽，似乎写着富足与祥和。总是有一份世事安稳，就在阳光下闪烁，带着心底的向往。

窗台上偶尔会有母亲端午时割回的艾草，早已形容枯槁，却仍然有一份淡淡的清香。走得近了，会有温暖的香息在鼻端悠然。而雄黄酒、粽子、龙舟，就在想象里热闹起来。身在山区，是不可能有龙舟的，雄黄酒也是看了《白蛇传》才知道的酒，知道那可以让白娘子显出原形。现实里，却是从来没有见过，父亲是不善饮的，母亲更不用说。故此，自小与酒就绝了缘。

粽子倒是过端午的标志。每到端午前夕，母亲就会带我或者自己去山上摘了粽叶。于门前的溪水里清洗过后，就直接包上糯米。母亲包的粽子，最是精致，一般大小，尖尖的角。自小就觉得母亲包的粽子，是我所见过的最养眼的，堪称艺术品。而我手笨，学了很多年，亦无法学到母亲半分，实为憾事。

窗玻璃偶尔会有孩子顽皮打破一块，那偏远的山区，是没得配的，只能用塑料纸暂且挡了风。风过就会有呼啦啦的响声，雪夜里，很有些怕人。

房前屋后的山，都有着鲜明的四季印迹，春夏秋冬四季的变换，一推开门便可感知季节。那份鲜明与爽朗不似城市里的季节这般，拖泥带水，总带着些许暧昧，纠缠不清的味道。于日子里在心底先拓了季节的影，而季节似乎总是姗姗来迟。一日日过了，日子还没让你明白，似乎又纠葛于下个季节的风里了。

而故乡却是如此,春有温润、夏有艳阳、秋有凉风、冬有飞雪。清楚而明了,一季拥着一季的故事,于时光里缓慢或者迅捷的行走。对于年少的我们,总觉得夏是过于短暂的。还没等溪沟里的水稍暖,黄叶就飘入水中,秋就来了,漫山遍野的金色在眼底就大肆渲染开来。天也似乎更高远、更旷达、更明亮一些了。那份蓝,带着水意,看得久了,会让眼底盈出泪来。

站在山顶,让风吹过,看它们飞快地掠过身边的草木,向自己拥来。风里充满着秋的味道:干爽、明朗。阳光似乎仍然那么眩目,只是少了那份炙热感,多了一份澄澈,将夏日里的浮躁都一一在日子里沉去,在秋里这样沉静而温婉,但却不是柔软的,会有一份秋的坚韧。

满山的树只有零星点缀的常绿灌木时,雪花就会在某个夜晚悄悄莅临。安静得没有一丝声响,不似雪籽儿那般张扬,多半等你醒来,推开窗,满眼的银白就刺得你忍不住闭上眼。似乎一夜之间换了个世界,那一切的喧嚣与热闹,都在雪底安静睡去。

没有了鸟雀的鸣唱,整个世界只有簌簌的雪花飘落的声响,那份安静,就如同走进一片亘古的荒漠。走出门去,看见各家屋顶的烟囱飘起青灰的晨烟,那些围绕着烟囱的雪,就开始慢慢消融,甚至落了淡淡的烟灰。尘世的味道,就慢慢浓了起来。

孩子的哭声、鸡叫声、狗咬声甚至斥责声,都开始在空气中跳跃、撞击,逐一扯破那份安宁。那一切的生活,又开始重复昨日的晨昏,只是,这个季节叫冬了。

雪下得大了,总免不了打雪仗、堆雪人,总是乐此不疲。年复一年的重复,甚至是上一辈的快乐,往前,是新生命的惊喜与雀跃,往后,是旧事的苍茫与渺远。那感觉有一份生生不息的绵长,久远得似乎永远也没有边际。那份遍布眼眸的纯白，让人于狭小的山谷里，仍然生出辽阔之感。

　　故乡，是记忆深处一个悠远而温软的梦，总是轻易绕过岁月，洗尽俗世的铅华，这样清晰地存于眼底。那份遥远的旧时光，熏然如风，掠过城市的浮华，就这样清醒而执着的存于心底。

故乡的春　清明澄澈

　　山里的初春有一份清亮而透明的感觉，有新翻的泥土自冰雪初融的轻寒里，带着微暖的阳光气息，随风扑过来。冬意尚未褪尽，带着寒意的风拂过身边，裹挟着一份独属春的清新。

　　渐渐的，随着日子的递进，绿意开始一点点在山野间蔓延，那一份绿意是浸染了无数的翠，嫩得仿佛不经意就会消失一般。用眼去看，于阳光下会刺痛眼眸，却有微微的欣喜。

　　阳光是薄而柔软的亮，仿佛轻绸，伸出手去，就可以抚摸到那份温软。山涧的溪水开始在阳光下跳跃，褪去冬的坚硬。轻快而灵动地在风里歌唱，清脆婉转，春色在它不紧不慢的吟唱里，随着阳光的次第温暖，在眼底铺陈。

　　漫山遍野都开始流淌着春的妩媚，那份玲珑剔透的味道，更有一份邻家女子的纯美。爱煞了那样的时光，清晨，只于阳台上远眺。远山，无尽的黛色，山间，岚烟四起，风起云涌，波澜壮阔。心，刹那就开阔了，似乎这满山的绿意都在心底化作无数的细微的喜悦，时时在眉间涌动,无边春色便在眉下的窗里徐徐绽放。一个季节似乎总会衍生出一种情绪,那么,属于春的便是——明朗、清新。

喜欢春里那些不知名的野花,于绿树间,这里几朵,那里一团,簇拥着满目的纯白或者粉红,在阳光下骄傲的昂首,朴素里更有一份自然的美。

年少的我们会用那花,做了花环戴在头上,想象自己是花仙子,或者童话里的小公主。童年的梦想,就像雨后的彩虹,绚丽而斑斓。于斑驳陆离的时光里,仍然会忆起傻傻的愿望。或者,能够于多年后与女儿的想象重叠。那时的阳光,会一如想象里的温软如初么?

故乡的春天,鸟儿的鸣唱也带了清幽的韵致。似乎整个山野都在静候他们的轻吟,只等它们一声清唱,阳光就开始拉开春的序幕。继而有了绿的水、绿的草、绿的树、或白或红的花。在春的阳光里,一一绽放。

春天的故乡,最是清明澄澈的。一眼望去,总有一份清透的感觉。青山绿水,都带了透明的绿意,那绿似乎裹挟着淡淡的水意,清凌凌、水汪汪。

一眼望去,都是柔软而温润的绿,不由得让你心生温软。那些温柔的词汇与表达,都开始在春里蓬勃,携着春里的清新。感觉那样明媚。眉目间自会生出万种风情,不自觉就妖娆了这一春的景致。

只是推窗,那一份恬淡与宁馨就在眼底大肆铺排,只等你去迎接,伸手就可以抓住春的气息。鸟的鸣唱,水的欢歌,孩子的嬉戏,大人们的絮语。都在春里安静地起灭,那所有的一切,在春里,都显得沉静与自然。顺着日子数过去,就会明了,那份恬淡,其实是刻写在日月深处的安详。

初春的故乡,总是多雨,多雾。最是愁人,那一份欲罢不能的情愫,便在雨雾缠绕里,做了一枚春茧,终还是自缚了。整个人在春雨的淅沥里,会变得慵倦不安,总会恼了这春雨的缠绵,似乎所有的心事都缠绕在心底，无法诉说。哪怕提笔，字里行间都会有雨意疏离。

那雾将山野笼成漠漠的荒城，远处只是模糊一片的黯淡，近处也只能见到大致的轮廓。阳光下曾经清晰的绿，在雨雾里都朦胧成深浅的蓝色，有几许疏远、几许凉薄。那雨不大，几不可闻。只是晨起，看漫山都是水意弥漫，空气里浸润着湿漉漉的味道。

日子在雨雾里纠缠，似乎总是漫长而带着倦意的。春夜听雨，倚着窗边立了，仍然听不真切，只有集得多了，自瓦楞上流下，一滴一滴的声响，清脆、缓慢、凝重。长年如此，屋檐下，总有整齐一排被水滴成的水涡。想象那小小的水花，四溅开来的模样。隔窗听雨的人，就有些痴了。等不及下一滴滑落，推窗去望。却只是黑黑的夜，夜雨在风里无声无息。

久雨初晴的春日阳光，似乎一扫阴霾，那份通透与晶莹，让人忍不住想在阳光下高歌。也只有在丽日晴空下，鸟儿的鸣唱才会更加清晰地传来，似乎与你的心底遥递着某个关于春的气息，或者与你分享那份春里的欢欣。

故乡的春，总是在阳光如水的时候，就已走向了尾声，你还来不及细看，满山的草木都有了葱茏的模样。

春，已经在悄无声息地远去，夏，开始在故乡彳亍。

初冬寄远

　　日子落在秋的深处，日历似乎也抹了层霜意，连日来的阳光，将日子也晾晒得有些干燥了。似乎一打开就会有悉悉索索的脆响，会飘了满眼的枯黄，而秋深处仿若积了陈年的暖，带着久远的香息，缓慢于静候里，将这段冬将莅临的日子漂洗得泛着微微的白。仿佛有一份炽热的感觉，错了季节。在时光深处迎面而来……

　　那时，有雪花自阳光里穿梭，晶莹的白，刺痛了眼眸。却让繁华里模糊着的想念蓦然清醒，突然感知季节的突兀。我一直在文字里絮叨的秋，其实，已经过了。那些关于秋的凉，都已经写在白纸黑字里，成了旧卷。落在季节的彼端，不知成了何人眼底的风景。

　　秋天的那弯眉月，挂在秋深的时光里，有些苍凉的意境，在昨天的诗行里做了短暂的停留，尚未来得及描绘，就将冬的影像悬于窗前。于窗外立了光秃秃的身姿，恣肆的风，也放浪形骸的四处游走，没了叶的阻碍。终于将季节的寒，冷冷的推至人前。不由得你不信，这是冬了。

　　安坐于异乡的一隅，已能真正的感知冬的况味。日渐冰凉的手，触及到他处，皆是凉意森森的时候，在心底先就拓了个冬的浅影，细细地于潜意识里描。冬，就在这日子里潜行了。悄无声息的入侵了正在向前行走的日子。

这时，突然想家，想念那个在冬天会漫山遍野银白的故乡。在QQ上问询，霜降、棉衣、烤火。看着那一个又一个的词汇，渐渐逼近了冬雪。在心底先自凉了，有些合了季节的懒，恹恹地睡去，恹恹地醒来，恹恹地起身，恹恹地工作，整个人似乎提前进入了冬，其实只是远离了故乡，旧疾重犯而已——想家。

家，一提及就会心生柔软与愧疚的词，让暗的夜里，有了一份很沉的凉，烙在心间，哪怕在酷热的夏里，仍然有无法醒转的疼痛。知道那是遥远，那是远方。可是那里有生我养我的亲人，有我最爱的人，有最爱我的人，在那一方天空下进行着他们的日月，他们的冷暖。而我，无法感知。这一份彻骨的无奈，因为距离而长成心深处的顽疾，久治不愈。

于视频上见了，一声声呼唤不忍卒听，但更不忍放弃，希望就那样伸手就可以拥住，伸手就能触摸。那一刻，距离成了冬日寒冰，冷漠的将所有向往凝固，一切的想，终究还是在想象里止步。生活，让我们在现实里无奈，理智仍然让无奈继续，却也不肯让感性去扰乱生活的走向。心意的烦乱，便在理智与感性里奔走，那些无法停息的想，无法停下的工作，让生活纠结成一团鱼咬尾似的怪圈。

我们，身陷其中，无法可以挣脱。我们一直在沿用另一个时间刻度来回家——过年，时光在年头与年尾之间穿行，而我们在家与他乡之间来去，这一切的奔波里，漂泊的宿命似乎就烙下了印迹。离家太远，年关未至，总会于寒冷里开始想家。想象那一片天空下，我爱的人如何在这日渐厚重的寒意里生活，开始于时光里不断的做了揣想。家，在心底就成了一个似远还近的影，有些模糊，清晰的只是爱着的那些人。

偶尔，可以感知电话那端衣物的增减，视频里看着与自己相差无几的着装，窗外却是四季不变的楼宇。于这一份相似里，却也只能在想象里虚拟了故乡的景，描了满目的秋色。远山，自是黛色，于暮色里安静而苍莽，有一份蓦然而至的肃穆，让你自心底先静下来，似乎是大自然的召唤。只有细细的倾听，方可感知。那份悠远，有庄严的意味。

故乡的初冬，有凛冽的寒意，自叶落尽后的粗砺里来去，啸叫的北风呼呼的从屋外掠过。打开门走出去，一缕风，似乎钻进骨子里般，从头顶直直的灌入。于刹那的清醒里，感受到冬的漠然与强悍。长驱直入，就这样不容置辩的开始他的旅程。

过年回家的日子很短，稍做停留，未曾与雪相遇便回了南方。那些雪，便落在陈年的记忆里，旧时的梦里依稀回望，只一些片断，零碎的切割着，似乎有一份不太真切的飘逸。却也有一份回望里的柔美，温暖的是记忆里那些景致，人与事都开始陷入一场雪里。于想象里演绎，或者，于云梦大泽里来去，能有一番别样地重逢。

每每天寒将至，总会刻骨铭心的想念，会在异乡的某个夜晚，于午夜蓦然醒来，那些想念成为一张网。让思绪无处可逃，会让泪水在黑夜里肆意横流。仿佛憩息于某个不知名的小镇里，孤单那般突兀。像一株尘世里漂泊无依的萍，终未曾找着人生的出口。

生命，变得沉重。人生变得漫长，就象那一刻的黑夜，似乎等不到天亮。黑的夜里，总会有不灭的街灯，在远处亮了，闪烁着陌生的冷寂。亦会于那一刻记起某个朋友，他说，每天他都要在三四点才能休息。想来，我的午夜，也不过是他的傍晚了。而人生，能得一遇，便是生命里的美好，如此。安然。

于一个初冬的夜里，写一些字，记录于时光流逝里的某些点滴，开始有温暖的况味回到手心，握住那份暖，开始泅渡……

乡恋

　　时光即将走向年的尾声，那些从年头走到年尾的乡思，终于可以在一场回归里轻轻落下。此刻，坐在南方的阳光里，独独忆起故乡的四季。冬的洁白，夏的葱茏，春的明媚，秋的高远。那些画面在此时的脑海里此起彼伏，渐次展开。故乡的四季便在这一刻，如墨，在一片宁静里晕染开来……

　　冬，轻敲了莹白的窗，将一季的相思暗藏，一份恬静的情怀，把生命里的寒意，悄然荡涤。温软的思念，轻抚了微凉，指端轻弹了光阴，一些清幽的记忆缓缓走来。

　　雪花，那无法形容的曼妙身姿，在空中如蝶飞舞，轻凝于枝头的雪白，冰凉了一季的温暖，轻易就将世界改变了模样。而心总在不合时宜地想念，那份洁净的凉。那些盛开在枝头的洁白，冰天雪地里一场梨花的空前盛放，美丽了无数个思念的昼夜。

　　所有的改变都在一个词里完成——温柔。无声的潜入季节，流年在一片雪花里静静地淌过，一切的真实都在雪下酝酿。关于草的坚韧，生命的顽强。

原来，有一种改变叫做——温柔；有一种美丽叫做——潜入。

有人用脚步丈量静夜的长度，空空的跫音在耳际萦绕，那些被踩响的夜与清晨，从枝头轻悄滑落，不着一丝印迹。雪花在枝头，悄悄地絮语关于爱的美丽，或许，这样的季节，总适合爱情的生长。爱情，让冰凉的季节旖旎而缱绻。

夜，承了雪花的轻盈，将一切的安静写成默契。万籁俱寂的雪淞，固执地承载所有的温柔。柔韧如丝的情思，将他乡的坚硬化作心尖的柔软，暖暖地化开一个个生冷的结。心，便如雪花，在一曲悠扬的旋律里曼舞，季节，便错空而至。

那时，思念绵延着季节的美丽，似乎看到阳光里的飞雪，有一抹清清的微笑，净了此时的眼眸。其实只是一片雪的飞扬，便成全了一个季节的向往。那漫天飞舞的雪花，终还是在异乡夜夜醒来，迷了梦里的眼。知道，有些画面，永远存活，与距离无关，与季节无关。

春天的阳光，轻轻唤醒一个冬夜后安宁。轻吻了初春的精灵，那些温暖的颜色一一醒来。被雪静静掩盖的鸟语花香，在盛况空前的肃穆里，安静的等候，悄然结束。

清音，终会在某个凌晨唱响。等，一个破土而出的美丽。有阳光，从雪花的间隙里碎碎落下。

青山绿水，让故乡在一个词里苏醒。远山如黛，眉目如画的故乡，在红瓦白墙里写着慵倦的幽静。抛却所有的点缀，独留散发着泥土气息的原始；繁缛的装饰，被你轻轻断开，只有一场清新的明媚。那份悠然的静，让思绪不得不驻足停留，而故乡——依然故我，云卷云舒，花开花落。

花红柳绿，故乡总在这个词里铺开春的容颜，其实那一切的明丽，都在春末才会潜入眼帘。只是一眼，一眼便走过了春的纯、春的翠。绿意，开始在记忆里奔腾，一些河流也开始在绿意里轻快的流淌，温润了一双向着故乡的眼。绿意，苍翠了一个梦里晨昏，季节和勤劳让绿重重叠叠，清清地、轻轻地洗去我眸中俗世的尘埃，还我山野间的那份清澈。

  天空的蓝如洗，山坡的绿叶如洗，山道边的野花如洗，头顶飞过的鸟鸣如洗⋯⋯那一切的沉静如洗，宁谧如洗。整个的故乡在洁白的冬里，悄悄完成了一个新生的过程。春的故乡，一切都是新的，一年之计在于春。所有与春相关的心事，在此刻轻旋，然而——安静！把心放飞，便在那一片欲滴的翠意里盈盈然、怡怡然⋯⋯

  蝉的鸣唱唤醒了夏的青葱，似乎只在一夜。那清新的浅绿便走向了成熟的墨绿。那份小家碧玉的典雅，居然也有了一份不容忽视的从容。"从容"，或许用这个词形容你的盛夏，有些浅薄了。原本如此淡定的你，如此不染尘埃的你，一定不会因为他人的"喜或不喜"而改变一分一毫。然而，在你那份不能直视的淡定里，不为外界所影响的依然里，还有什么样的词汇留给我？

  阳光，让一切都安静下来，独留山间一抹淡蓝的影，在青山绿水间轻盈。那乌黑的发端，系了谁的眼眸？于这汹涌而来的绿意里——凸现。天依然蓝得纯粹，云依然白得洁净，阳光也依然清亮，只有你于青山间轻涂了一抹浅浅的蓝。随性，随意，如此轻描淡写，却又不容忽视。

  谁，会将这如水的柔情独饮，纵有弱水三千，也只是过眼云烟吧。

  秋在你的一回首里，与故乡拉开了距离。天更高了，更蓝了。那些曾经的繁华都依次谢幕，独留下沉寂后的低缓，那些积累了几季的沉淀，终于让一切的清浅都凝重成一抹金黄。阳光也仿若镀了秋的颜色，在一片宁静里，悠然——展开。

  站在离蓝天最近的山顶，看故乡的红瓦白墙，仍是一如既往的静。似乎那一切的更替，与你无关。放眼，也只见你于高远的天空下，安静的清影。心，便在一片成熟的色彩里，渐趋宁静。想象，归去，即使在一场秋雨里，也是清朗如洗的心情。

那些优雅的梅花鹿，静静地点缀着记忆里的晨昏。那样如水的眼里，纵有千般娇媚，也脱不了那份清清的纯，这样不自知地妖娆着、诱惑着、悄然低语着。仿若从远古走出，低首的瞬间，有温柔从如水的眸中轻漾。是否，前生就是那不能回头的女子？回首，便成为此刻尘世的画卷，让灵魂，夜夜梦回故里，轻叩熟悉的柴扉……

而此时的我，仍只能坐在异乡，在一场骤然而来的雨里遥想，那一切的画面，只能在一场乡思里来去。

归来！只等你一声轻唤，我便魂归故里，在那一片澄澈如洗的"故我"里悠然睡去……

新居随笔

　　天气愈加暖和了，窗外的绿色渐浓，恍然间悟到春，却是春末的时节了。

　　昨日未曾细看，出去总要经过的那棵树新叶是否长成。今日看叶片已经在风里招摇了，有些得意，有些欢喜，也有几许俏皮。感觉象初长成的女子，有一份自然的活泼在内。不语亦有青春的气息迎面拂来。

　　我喜欢这样的天气，感觉清爽明朗，终于可以行动自如，不需再着臃肿的冬装。连心也被这满满春意唤醒，仿佛蛰伏了一冬的情绪也在慢慢苏醒，开始感受这暖暖的春意。

　　行走在夜色莅临的街头，摩肩接踵的人群，大多向河边走去。洲河，是这座城市的河流，一直听说，并未曾亲见。走到沿河而建的滨河路，才发现这河小得可怜。这末春天气，河床袒露着，河水很少，很多石头露出水面，河水带了莫名的臭味，颜色很可疑。

　　只是洲河两岸，依然是高楼林立，楼宇间霓虹闪烁，不遗余力地炫耀着这个城市的繁华。临河的路被因为建桥被封，散步的行人只能与车挤道，更显拥挤。

　　临河的路边，种了不少柳树，这个季节，正是柳树出挑的时节。嫩绿的叶片，衬得那柳树鲜亮而青春。那长长垂下的枝条，天生有一份媚态。迎风摆柳，果然是个很妖娆的词汇。那么多的柳树，迎风摆过去，似乎一幅画翻开了，等着新的水墨点染。只是等，却并不久，非常短的时间，依然折过来。万条垂下绿丝绦，果然是画一般的景致。

　　只是，不能细究，毕竟那画原是自然天成的，而眼前柳的背景是鳞次栉比的高楼，若入画，定少了不少意趣，多了许多尘烟。想来，很多景致，都不能细看，一如美人，再精致的美人，细看了，总有瑕疵，若真是全无瑕疵，看得久了，也会审美疲劳了。

　　并没能走多远，毕竟城市的道路，愈是老去的繁华，愈是狭窄不堪。在这座老城区，老去的不仅仅是时光，还有那些建筑。

　　那些建筑，那些道路，都非常有年代感。我们居住的楼宇，楼梯间的窗子，仍然是那种水泥雕花构成。透光不是很好，总是早早感应灯就亮了，比别处更早感知夜的来临。

　　楼宇的背面没有装饰，连水泥也不曾有，灰色的青砖裸露在视野里，很有几分古老的味道。然而，就这份气息，让人觉出一种宁静感。光阴就这么淌过了，无声无息。他仍然在那里，在那里听风说话，看雨淋漓。

　　屋子的旁边，有很多年前四处可见的小屋，顺着屋脊建过去，很小的一间，却是平顶。许是年月久了，屋顶上长满了杂草，这个季节，居然有白的黄的花开了，远远看去，很有几分热闹。那些杂草，平白就在眼底添了些野趣。

　　对面楼宇的屋顶上，不知是人为种植的树，还是鸟雀衔来的种子，并不高大繁茂，只是能透过窗子看到。隔着青灰的天幕，就像一幅零乱的素描，潦草几笔带过。尽管如此，他们仍然展现了这个季节给予自己

031

的美，绿得很纯粹，也很安静。

　　三月，倏忽就过了，在一个陌生的城市，在一处老去的繁华里，随意记录一些文字。天色慢慢就暗下来，看光线从窗前掠过，慢慢斜过去，斜过去，直至再也不见。这一天的光阴，就这么慢慢消失了。

深处的晨

晨曦微露，母亲便借着微光，披衣起床。我躲在被子里静听，听屋外那些鸟儿零星的清唱，带着夜露的气息。声音清脆，如洗过般明净。

母亲在劈柴，柴与柴垛之间的相撞，声音有些钝钝的，沉浑而喑哑。在安静的清晨，一声一声，厚重而沉稳。很稳妥的将日子的基调拉开。接着，听见母亲折断枯枝的脆响，一阵悉悉嗦嗦后。便闻见屋子里有了烟火气。

那时，是我一日的开始。我便探出头，看着窗外渐渐亮起来的天光。在心里日复一日的奢望：可以这样睡下去，直到不再想睡。

火，烧得顺势了，母亲便会起身，带着一股木柴的烟火味。轻声唤我起床，我躲在被子里不肯就犯，母亲叫我的名字。一遍又一遍。而我，像一个没落的君王，捍卫自己的领地一般，抓住被子，不被母亲掀开。终究，还是会在母亲的唠叨里，打着呵欠，带着一股梦里的混乱，懒懒的叠被，梳洗。

我坐在灶屋的一角，还未完全清醒，睁着惺忪的睡眼，看那火苗在灶堂里舔着锅底，明黄、赤橙、明亮的白、幽幽的蓝。那时，知道火是有颜色的，而且还带着一股木柴清淡的香气，那是山野燃烧的气味，有一份淡淡的悠然。节奏是舒缓的，模样却是热烈的。在清新的晨里，沁入了心脾。

母亲在锅里煮下大锅的米饭，米饭中掺了些用油炒过的土豆，边煮饭，边准备早餐的菜。一会，饭香，土豆的香，便在屋子里散开。将米饭打进一个大的盆里，开始炒菜。母亲亦在这段时光里与我有一搭没一搭的聊天。家长里短，我的学习。还有一些叮嘱和教育。多半是母亲问一句，我答一句。清晨于我，更多的是懒洋洋的味道。

我模糊的思绪，不断被母亲扯向这，扯向那，有些无意识游走。偶尔，母亲的问询，会在我的神游里停顿了。我扭头去问母亲她说的什么？母亲便笑了，那笑容有些淡，亦有一份浓重的脱离了乡村的气息。

我总是在想，母亲若是能够多读一些书，没有做一个农妇，或许会是一个很优雅的妇人，会是一个才女。母亲是个聪敏灵秀的女子，很多东西无师自通。母亲的聪慧并未能传承给我，哪怕此时，经过了浮华的熏陶，我仍然是最初笨拙而腼腆的女子。

母亲是宽容的，笑里总有些淡定的温暖。姐弟四个，虽算不上顽劣不堪，却偶尔也淘气。母亲却很少用体罚，至多用嘴说着。

仍记得大姐二姐去了老家，剩了我和弟弟。两人打架，你一拳，我一拳，谁也不肯让谁，总想自己不是最后挨打那个。非要赢了去。一般是弟弟先动手，我停了，便亏了一拳，自是不肯先停的。弟弟还小，我回他一拳，他自然更不肯住手。何况，在三个女儿的前提下，弟弟先天就更受宠，气焰是有些嚣张的。当然，更不肯输我。

那时，母亲会在忙乱里费力的将我们拖开。一边说：我要吃了仙药，才能制住你们。母亲没有仙药可吃，我们也在母亲日日的念叨里长大了。如今，提及往事。母亲已然微笑着说，有过吗？我觉得你们一直都很听话。我便笑了。母爱，永远是带宠溺和宽容的。

可那时，总是我在母亲"你是姐姐！"的呵斥里，愤愤地转身离开，在心里暗忖：姐姐就该打么。暗暗恨了她，怪她偏心。那恨，也是一时片刻的，会在母亲的微笑里转瞬即逝。其实，母亲倒不是重男轻女的女人，包括父亲在我们渐渐年长时，都摒弃了这些观念，对我们姐弟四人，一视同仁。

偶尔，我会趁着火势的间隙走出屋去，听见猪在猪舍里嗷嗷叫唤。大群的鸡在院子里闲逛，一派太平盛世的模样。溪沟里的水，一律是满而清澈的。象无数片冰凉的玻璃，有一份锋利的凉。渗入骨髓，哪怕是六月的清晨，仍然是那般。

水边的波斯菊，红的、粉的、白的，一律高仰着头，带着晨露，在风里安静地摇摆。那些花错落有致的点缀着门前的一些空地，细细的繁密的叶子，青翠欲滴，带着些微的黄，更显娇嫩。只是那花不似表相，每一年都不需收籽，再栽种，随了他去，自会在来年更多的地方繁殖自己的美丽。

不多一会，母亲会在屋内唤我，叫我去提了猪食喂猪。用了很大力气方能提得起那满满一桶的猪食。至猪舍边，还未开门，就听见猪们拥挤的欢呼声。将猪食先用瓢舀去一半，那些猪就开始蜂拥而至的争抢。我会笑起来，边用瓢去敲抢得最凶那头猪，边告诫它："再抢，不给你吃了。"猪们，当然是不会听我的，自顾忍了痛还是强抢着。看他们争先恐后的模样，真切的感觉到生命的蓬勃。

喂完猪，母亲会让我去大仓里取了玉米来喂鸡。将玉米撒在地面，那些在院子悠然踱步的鸡，便会一起围过来，扑散着翅膀，虚张声势地在嘴里发出大声的叫唤，直到把地上的玉米吃个干干净净。

等我做完这些。母亲的饭就熟了，屋内就会有母亲叫吃饭的声音。

那间隙，父亲和弟弟也已经起来了，围坐一桌，安静地吃饭。吃着饭，偶尔会有一些问询，因为父亲，都会显得有些拘谨。父亲之于年少时的我们，总是有些疏离的。

然而，清晨的时光，自记忆深处流转，仍然有着舒缓，那样展开，有一份悠扬的感觉。

听雪

　　故乡的冬天，必是有雪的。而有雪的夜晚，我必会听雪的。

　　冬总是昼长夜短，家家都早早的关上门来，拒那冰天雪地于室外，围一炉旺旺的炉火，闲话家常。而我常常会静坐于自己的小屋，拧亮桌上那盏蓝色的台灯。一屋子冷清便在灯光里渐渐淡薄，独留一室温馨旖旎的蓝。幽幽的、淡淡的，一如清雅的兰，在雪夜里悄悄绽放。有些许忧郁、些许浪漫，恰恰合了那一刻的心境。而我就在这深深浅浅的蓝里，任自己陷进去。不作任何抗拒的把自己放进有雪的夜里，倾听雪落的声音。

　　万籁俱寂的夜里，听窗外有雪花轻舞。雪花的飘落是需要你用心去倾听，那细碎的"沙沙沙"，仿若一支缠绵而悠远的情歌，如丝如缕，有时感觉在窗外，有时又会觉得相距很远。而那些树枝偶尔"咔嚓"断裂的声音，便是歌中的高音了。那高音出现的一刹那，便将所有的如泣如诉一掩而尽。那心似乎要裂开一般，却又仅仅只是一瞬间而已，马上又恢复宁静，而此刻的静更显其清幽了。那颗将要裂开的心，便在长久的静谧里，慢慢沉落。

听雪的时候，什么都无需想，只管去听。那种来自天籁的声音，似乎能让你感觉到雪花落下的轻盈，能看到它飘逸而灵巧的身姿，在不断的旋转着飞向大地……

然而，听雪籽的感觉与听雪花的感觉是完全不同的。雪花的飘落是需得用心去听的，如果是午夜的雪花，一定不会惊醒所有人的梦，脚步轻悄悄的。

而雪籽则是完全不同，家里的房屋都不似这城市的楼宇，集装箱般聚集着太多的人群，那份热闹喧哗里，哪里会听得到雪落的声音！

家里的房屋是简单而清静的，一家一户的各自独立，屋顶也是用了青灰色的瓦，那雪籽落在瓦上的声音，清清脆脆，那声音不含一丝尘埃，干干净净的。仿佛是误落人间的精灵，在屋顶跳舞，而那舞步是热烈而灵动的。时急时缓，暗合着节拍。那一份干脆利落里，有着纯天然的柔情。你听着，情不自禁会心动起来，想象着那满屋顶的裙裾飞扬，衣袂飘香……

听的人也会随着节奏醉去，醉在那一曲自然的经典里，醉在那一曲完美的华章里……

那一刻，就会想起"嘈嘈切切如私语，大珠小珠落玉盘"的句子。偶尔也会有雪籽会顺着瓦楞跳进屋里，或许正落在你头上。那感觉是那般的惬意，似乎那活泼灵动的精灵在邀你共舞呢！你便会更完全的让自己沉醉了！

无论是听雪花的静静飞舞，亦或是听雪籽的轻灵舞步，但你始终不能明了的是——雪对大地，是眷念、是无奈亦或是归宿？带着这样的思绪，慢慢入梦，在梦里也许真的能了解雪的心语！

纸上花开

三月，那些在纸上种花的女子，依然将阴暗潮湿的春描得绚丽多姿。那些幽婉沉静、温柔多情、细腻婉约、恬淡自如，一朵朵在纸上开放，任指尖之舞美丽了纸间春天。那时，我自醺然的香里，执一盏清茶，只是静静地看了。

遥望，成为一种状态，或者说成为一种习惯的时候，纸上的花开始在眼里开成一片海洋。我开始揣想文字后女子，有怎样的妩媚和清纯。日子，便开始在花香里游走。那香，淡而悠远、绵长。思绪开始走向淡淡的热闹，开始酝酿一些关于女子的想象，而酝酿一直一直的绵密不绝。所以，那样的热闹是自己的，是安静的。

看女子执笔将心间的花，一朵朵细细地描了，摹于纸上。那些俗世里的赤橙黄绿，便都有了雅韵。一点点的从字句里溢出。执笔的女子，一定在纸上耕种了什么，让季节在纸上温润的滋长着美丽。那些属于女子的灵慧，在一片墨香里纤毫毕现。轻灵婉转，如轻歌。而那歌里，一定会有女子优雅的身姿，漫过想象的距离，在视野里路过。

花，是指尖开始的诉说，诉说自己的繁华。其实是繁茂的寂寞，或者说雨季后葱茏的忧伤，也有自幸福里漫溢出来的甜蜜。而那些字句，似乎只是在纸上，沉默着。没有一丝半点的欲望，只是诉说，说说自己，仅此而已。自己的忧伤，自己的故事。那样清清淡淡地说着，似乎已经物我两忘。尘世间的一切，已然与她无关。那些俗世里的纷扰，也在文字里陷落。

花，开始在文字里生长，毕毕剥剥的声响里，枝枝蔓蔓都透着灵性，枝叶间漫过，一缕安静的香。轻易让一颗在纷繁里浮躁着的心，静下来。那些在红尘中的感悟，或忧伤，或寂寞，或恬淡，或温暖。那些感触都低到尘埃里，烈烈地开出妖娆。

一些在心尖的花，绽开又闭合的瞬间。被女子抓住那盛放的美丽，用心摹写了。时光，便行走在字里行间的清雅里。一段一段都有了花香四溢。我路过，只是沾了花香，那般自私地携了香气。然后，独自行走。只是不知，香，可会在我路过的字行里蔓延、回旋？

那样在让文字开出花来的女子，一定是优雅而脱俗的女子。那时，我便在指尖用想象描了女子的影，眉眼不一定精致，却一定别有神韵，举手投足间一定也是风韵独特。于人海里，我一定可以循香而至，看到你眉目间的清香，那眸光深处的沉静与温婉。

那埋首于纸上种花的女子，看不见我眼里的羡慕。只是低眉微颦，让诗词于眉宇间轻绕，将风韵流泻无遗。我知道，女子在墨香里走过了，雅致的香会让热闹的红尘，安静下来。有些心灵深处的歌，开始轻轻地吟唱。那时，清晰的声音，会告诉自己什么是安宁，什么是平和，什么是苛求，什么是满足？

恬淡，不再只是一个纸上的词汇，而是心深处的感触。像一场未曾远离的梦，在心深处被唤醒。而女子不知，只是我独自地感受着。自私地将女子的花，细细地欣赏了，细细地品味了。或者干脆摘下，将花制成标本，无论什么样的季节，看花，一如既往的美丽，心都会因那份美丽而柔软。

而那香，自会历久弥新。在时光的某个段落里，不经意间让花里的馨香，渗入心底，心上之茧，逐渐剥离，褪去粗糙与坚硬，还它最初的柔软。

心，开始聆听那些风里的花语，阳光下的叶吟。偶尔的雨声里，夹杂着的鸟鸣再也不会遗漏，被心，——细细珍藏。

听，开始升华成一种感动，不再只是单纯的动作。世俗的嘈杂也是生命里不可或缺的伴奏，那时，听着，再也不会有发自内心的厌倦，而是坦然接受。就像，接受了生命，就必须接受因生命而带来的种种惊喜或意外，接受生命里的欢悦和疼痛一般。

视野里的色彩不再是单调的颜色，而是生命的蓬勃与律动。每一片叶的颤动，都是属于生命的舞蹈；每一缕阳光的跳跃，都是生命里最明亮的欢喜；每一场淋漓或酣畅的雨，都孕育了生命里最细小的润泽；每一片雪花的轻盈，就是生命中梦想的飞扬……

那时，我便在心里感激，让文字在纸上如花盛放的女子。是她，让我学会倾听这世间每一缕藏着生命的声音，而每一份生命都孕育着以前的自己所领悟不到的美丽。

就以为，写着字的女子是可爱的，有一些与尘世无关的单纯；写着字的女子是美丽的，有一些与容颜无关的精致；写着字的女子是优雅的，有一些与贫富无关的雍容；写着字的女子是灵动的，有一些与外在无关的慧黠。

总是这般想象着写字的女子，看他们在字里行间，无声无息却是怒放般的静美。看，这一季在纸上繁华的春天。心底里的羡慕，如春潮涌动，此起彼伏。

想，做那样的女子。努力让花在纸上盛放，而花里的香，似乎总那么远。只有花，而无香。就像挂在衣架上的漂亮衣物，只有美丽，没有神韵。春天，终究只会在我的茫然里错过，无法开成一片炫目的花海，在陌生或熟悉的视野里嫣然。

但，仍然会将心情，用自己熟悉的语言去描述了。自顾自地诉说着，却不知道，是否也是别人眼里的"花"？是否，我也是曾经让花在纸上盛开？没有想过是否会有如我这般，会像我一样在别人的文字里寻找春天，寻找这个三月，纸上的那片花海。自那片花海里，寻找自己最爱的花，或者玫瑰，或者牡丹。

什么样的花，已不重要，重要的是，纸上的春天，已经在行走着了。而我，只管跟着春天的脚步，自那片花海边漫步，静静地欣赏。

那时，我的文字里，或许也会有花香溢出？也沾了些女子的气息，不是因我，而是因为有你——有让花香在纸上弥漫的女子。

那时，我的花，也在纸上盛开，有一个春天，有一片花海，是属于我的。那样黑白分明的花香，却在想象里姹紫嫣红了。

这样想着的时候，就有些微笑悄悄地爬上眉间。

或许，也有一缕自己所不知的香，环峙了……

第二辑　叶语悠然，微澜

七月，遇见美好

奔走在七月的城市，无端的倦怠。一如几米所说：城市像一个巨大的笼子，让人窒息，让人疲惫……

异乡的烈日炙烤着心底残存的信念，站在瞬间莅临的大雨边，雨水像一条条水柱般砸向地面，片刻就已水流成河。看着那迅速奔涌的水流，心底感觉到城市的荒凉。躲在他乡的檐下避雨，有点点雨水溅湿裤角，慢慢洇透，将浅灰的色泽浸成了深灰，带着水意。

一遍遍重复拨打同一个号码，从开始的讶异到最后的麻木与淡然。想起清晨的争吵与责骂，突然想起同一个人说过的话"拒绝就是避免可能的伤害！"此时，更深切的感受到这一点。如果开始就学会拒绝，就不会有今天的伤害。

如果学会拒绝，就一定可以保存一个完好的自己。虽然张晓风的诘问很有哲理"你要保存一个完好的自己做什么呢？"可是，于我而言，不做什么，就要一个完好的自己，能够有勇气去面对今后的人生。有足够的信心和勇气，面对接下来的生活。

只有保留一个"完好的自己"才能确切的知道，自己有能力给孩子将来，而不需要依靠任何人的施舍或者帮助。只有如此，才能给自己更多前行的力量；才能给自己理由在这个城市里继续撑下去。

人生的旅途，行至此处，心已极端疲累。总想着能有一份依靠或者一份温暖，可以让自己确信，可以让自己稍息片刻，能够不再那么坚持。来回的奔走里，心里积淀了太多的累，却无法言说。一如人言：命。

有时候，在麻木与行走中认命。只是生命，就像一场接一场的戏曲，在你生命没有完结的时候，就会一折折的演下去。无论悲喜，时间的滑行，喻示着生命的向前。你没办法选择的时候，就只有坦然接受。你无法接受的时候，就会疼痛莫名。

就像这个七月，对着雨后突然刺来的阳光，蓦然想起，十年前来到这个城市，可是一切都没有改变。改变的只是自己年龄与容颜，城市的繁华更甚，而陌生依然。突然想发个信息或者打个电话，却找不到可以倾诉的人。

不想带给家人不安与担忧，也不想让熟悉的人知道自己的尴尬。那份内心的茫然与空落，紧紧勒过来。

刹那间明白，这茫茫的尘世里。再累再倦，你都得活着，只是因为不忍让某些人难过，那些人在生命里，已经扎了根，生死与共。

感觉到一种被放逐的孤独，站在车水马龙的街头，看不到一份熟悉，只有满目的赤橙黄绿青蓝紫。这个世界如此多彩，人生却如此灰暗。泪水在眼眶里打转，对着阳光硬生生的将泪水逼回眼底。

心里有一份涩涩的疼痛，莫名的酸楚。却无法容忍自己的软弱，无论怎样，都必须撑下去。所有的一切，都期待一个良性的循环。

人生无法确切前程的时候，就只有脚踏实地地走下去。无论怎样，生活还在继续。

最后一次拨打那个电话，还是忙线中。已经不会再有任何幻想，踏上车走向另一条归程。

在车上，看到一个年轻的父亲，用奶瓶细心地喂着怀中年幼的孩子。孩子很小，才满月的模样。在男人的怀里，就只是手臂那么长短，小小的脸，在包裹的毯子里露出来，小嘴用力的吸吮着奶嘴。

男人拿掉奶瓶，孩子咧开小嘴开始哭泣，没有泪水，小小的眉头皱起来，可爱而让人心疼。男人轻轻地用大手去拍，那么大的手，那样小的身子。手几乎把孩子的身子全部遮住了，那份强烈的比对，让心底莫名温软。

那样温暖的手，轻柔而充满着爱的抚拍，孩子忘了哭泣。

是的，我也一如几米所说：在最深的绝望里，遇见了最美丽的惊喜。

生命，原来可以如此美好！幸甚！

莲花朵朵开

生命如莲

走在厂区内,路过锅炉房,有木柴燃烧的气味扑鼻而来,那份自生命底端就熟稔的气息,让异乡的阳光下,有家的味道迎过来。深深的吸入,心,展颜。

突然感觉穿越了城市的坚硬,就直抵了故乡。家,在一个触手可及的距离里,对我,却始终只是凝望,而不接纳。这样恍惚的远近里,有些模糊的思绪涌动……

想起那年的自己,行走在异乡的繁华里,为了一份骨血亲情,在异乡的烈日下曝晒、奔走而不知疲累。在一份酷热里行走,汗水淋漓,只为了节约区区三元钱,只为用那三元钱可以打数个求助电话,而那些电话可能让一个生命持续如莲的美丽。而那美丽的生命与我,有着一份血浓于水的牵连。

彼时的自己，一定没有时间或者说精力去思考生命的美丽，只是一味的凭直觉在那条路上辗转三次。记得那路边刚好是一个花木场，场内的植物也如盛夏般，簇拥着一片火热的生命。无暇顾及那些盎然的生机，只是在心底默默地祷告：愿那即使闭合的莲，给我多一点时间，延续他盛开的美丽！

此际回首，只觉得那时的阳光就烈烈地照过来。铺天盖地，一片晃眼的白，似乎要将一切融化，包括我，包括那株临近闭合的莲，就可以听见苍凉地悲恸敲击耳鼓。或许就因为那声音，一直在耳畔萦绕，才会有在酷暑里忘我地奔走，才会有奔走而不会倒下的坚持，才会有坚持下去的勇气。

想起，便知道，人，不是生来就坚强，而是在许多的"不得已"之后，不得不坚强。

此时，就会有无奈的笑，浮在唇畔，多了一丝关于生命的凉。却是最真切的凉。

上苍见怜，能够让我所希望的生命，如莲般再一次绽放，再一次告诉我生命的美丽。此际鲜活的生命里，虽然不能如常，却仍然让我时时感受他涅槃般地妖娆，感受到那株莲别样的美丽。

总是在想起时，就会深觉生命如莲，或许有不同的绽放方式。无论行走的旅程里有些什么，只要生命还在，就让他如莲般绽放。哪怕无人欣赏，也要开出属于自己的灿烂。独自的芳华，也会有自己察觉不到的清香。

记忆如莲

无论红尘里有多少让人断不了的牵挂，蓦然回首的瞬间，总能看到记忆深处那瓣莲花，清晰如初，绽放如昔。哪怕只是回望，仍然有余香自鼻端袅然。脉络间或许还有点滴清澈的晨露，在阳光里折射了一道生命里小小的彩虹，斑斓着此刻的回首。

那时，心底便会有诸多的感动。风起云涌，瞬息万变，也只是过眼云烟；爱恨情仇，悲欢离合，也不过旧时风景；富贵荣辱，奔波劳碌，也自回归恬淡。淡然一笑，舒眉。一切不过是镜花水月，这样轻叹，却仍然记住那记忆深处的莲。

因那莲，才会有了继续行走的理由，才会有了这一刻的莲花朵朵，才会有那些细小而绵密的感动，才会有对生命最真的眷恋。

记得母亲面对远离，总是恨不能让自己把家带上的表情。记得母亲挥别的身影，记得母亲不舍的悲哀，记得母亲于天寒地冻里，仍然早起，于寒风中为我提行李的固执。记得父亲转身的黯然，记得父亲沉默的送别。那一切的感动，缘于生活着的无奈。

记得老朋友的醇厚，如一坛陈年老窖，积淀了太多的曾经，每每翻阅，都会浅笑着畅饮，那时，不会醉，只要记得——不醉不归。记得新朋友的清新，偶尔的问候，就在彼此的感情里打上一个美丽的结，顺着这些美丽，就可以让一段友谊走入香醇。记得缘于文字而收获的感动，无论祝福还是问候都如一朵心莲盛放，每一朵都会有莲的清香，莲的雅致。

流逝着的时光里，经历如一汪清塘。父母的叮咛、朋友的祝福。所有温馨的问候、点滴的关爱，还有那记录着彼此心意的物品，都如一朵朵清新不败的莲。细数时，便会有软软的思绪跌落，逐渐冷漠的心，有莲香环峙，心，温润如初。

遭遇到生活中冷雨季节，朋友的惦记，亲人的温暖，都会让自己有更多的坚强去面对寒冷。那份在回望里美丽的记忆，都会不择季节，如莲，次递开放。

正因着那朵朵莲花的绽放，才会有彼此心中不分季节的暖。握着这暖暖的如莲的清香，无论同行或是独自的行走，都会有暗香——随行。

微笑如莲

　　行走在陌生的街道，有陌生女子于瞬间的对视里，莞尔一笑。那微笑，便如莲盛放在繁华里，一切的喧嚣隐退，独留了莲的静美。于心底绽开一抹清新的暖，季节也开始淡去。有着那样的微笑，无需春花秋月，时时都是好时节了。

　　那时，对于城市冷漠地抗拒，在心里一点点融化，只因一朵微笑的莲。冬日的阳光也会眷顾在鳞次栉比的坚固里逐渐被同化的心。风里的寒意都带了一丝清新的莲香，城市的躁动层层蜕去，只有那一抹如莲的微笑，在心底长久地驻留。

　　喜欢笑，曾经有人"愤愤不平"地说："你笑得太夸张！"。他还说："难怪我的心情这么阴郁，因为所有的阳光都去了你那里。"其实，阳光何尝会吝啬，吝啬的是我们自己。如果你总是站在阴暗的角落里，除了如苔的心事在阴凉的潮湿里，不紧不慢的织就一张网，覆盖所有微笑的路径，阳光般的微笑如何能抵达你的窗前？

　　经常，我们会将生活中的磨难无限放大，以至于遮盖所有的幸福。一味的沉溺在顾影自怜里，感觉不到生活中关于阳光的点滴。那时，一眼望去，真正的暗无天日。心，黯然神伤。

　　那时，再强烈的阳光，也不可能照射到你的身边。乌云堆积的人生，谁可以真的笑看风云，真正的云淡风轻、泰然自若呢？我们终究只是俗人，面对生活里的暗夜，太多的时候总是想着那份无边，而不会去想，再长的黑夜，都会是黎明在等候。那晨曦微露的时刻，无边的暗夜就开始陷落。

　　生活中，常常会有不快乐，甚至会有痛彻心扉的遭遇。无论你或者笑着的我，都会遇见。既来之，则安之，经常用这一句简单而有效的话来劝解自己。无论有多少自己无法预测的不幸，既然来了，我们躲不过，不如静心处之。

当然，平凡如我等，也会有偶尔的沉沦，那时，哪怕是阳光灿烂，仍然只看到心底的灰暗，也会想就此偃旗息鼓。放弃，也未尝不可。然而，真正的自我放逐，自我麻醉，又能让自己快乐吗？若是醉，总有醒时；若是放逐，总有归时。那时，如何面对凌乱不堪的自己？

这般就更喜欢如果有一千个理由哭泣，我一定要找到一千零一个理由微笑。

喜欢微笑，喜欢那如莲的微笑盛放时的美丽。于是，无论有过什么，都会让自己尽量的笑着，都会让那微笑如莲般开在我的世界里。

寻常

向晚，有暮色倾过来，夜的黑在空气里弥漫。远山逐渐淡去，轮廓却愈加分明。四处闪烁的灯光，象一地散碎的珠子，夜的黑，在明亮的灯光下，被切割成大小各异的版块。只是，井然有序，相安无事。

这是一个普通的小镇，有些偏远，带着城市的浮华与躁动，亦有一份乡村的原始与蒙昧。

楼群有些拥护，在这个寸土寸金的城市，哪怕稍显偏僻，也仍然如是。楼与楼之间的距离，不会超过三米。阳光总是很艰难的从楼隙掠过，傍晚时分，方有少许停留在不锈钢护栏上。

那是我居住的房屋，在一整天里，与阳光唯一的亲密接触。房间终日不见阳光，难免有些潮湿，三四月间的阴雨让空气中的湿润，长成绿色的霉斑，一不经意就爬满墙壁。

因此，对于阳光，总有无限向往，有阳光路过，都会停下来，看它慢慢从栏杆上滑过，感觉光阴真正如水，无声无息就从白昼转向黑夜。

只是，这座城市，不适宜温情或者细腻，所有建筑的线条都棱角分明，带着生硬的粗糙感。路人的脸谱一律漠然，似多年前的重演，也像很多年后的白描，没有青春，没有年迈，唯有惯性地向前。

由楼群造就的巷子，没有苍老的过往，唯余嘈杂的现世。不同版本的方言在巷子里起伏，天南地北的人在这里栖居。各自守着那一线阳光，在这个离故乡很远的城市里蜗居。相似的楼宇里，各怀心事。不同的故事，在相似的场景里演绎。

房间的格局很特别，合了那句：麻雀虽小，五脏俱全。二十来个平方，隔成了一房一厅，连带厨房卫生间，甚或还有阳台。就这样狭窄的空间里，拥挤着的也许是老少三代人。年长的没有因为背井离乡而愁容满面，孩子也不会因为远离他根本不懂得的故乡而偶尔忧伤。而孩子的父母，在来去匆匆里，一律有相似的疲惫。多半身着工装，在巷子里穿梭，不曾与我言语，对他们的面孔，我非常熟悉，然而，我们无比陌生。

错身而过的瞬间，我会想起那句很俗的话：前世五百次回眸，才换来今生的擦肩而过。我们的擦肩，不知浪费了多少次回眸，而我们，却依然不识。

常常会有卖馒头、收废品的吆喝在巷子里响起，调子悠长，总在午后时段，让人在小睡后惺忪的瞬间，恍惚这光阴未减，仍是那年那月。若再有"磨剪子"的声音，恐怕会诧异时光倒流了。只是，一直未曾有过。

倒是有一日下楼去，见着底层住户，居然用煤炉子在生火，烟熏火燎里，见到那人一脸惶恐。蓦地，心里莫名就软了，像看到从前的自己，唯有微笑着走开。

日子长了些，巷子里逐渐热闹起来，市井气息浓郁。孩子的哭声、猫狗的叫声、大人的呵斥声，偶尔夹杂着并不标准的普通话，在隔街漫骂或者插科打诨。巷子不大，所有的声音一律清晰无比，象同声直播剧一般。

这样的生活周而复始，一天天在日出日落之间重复。简单的重复成为生活的主旋律，这样活着，不必细究，勿需深思，这就是日子。

只是吵闹着的孩子渐渐大了，连小狗也变成了大狗，在门口站立着，远远的就有些慑人。

日子，仍然不急不缓，狗见了我，也依然会摇尾示好。而孩子，尽管我看着他从牙牙学语到牵手奔跑，我却仍然不识。唯有微笑着，看孩子纯真的笑，心底涌动着对生命的感动。

一日，楼下有人开了商铺，居然外带卖菜，那菜式虽多，量却极少，那样鲜活的红绿堆在一块，生生描出一种浮世的欢喜。

于是，下班回来，顺带买些红绿的菜回租住的小屋。次数多了，与老板熟识了些，买菜后就会赖着问老板要几棵葱，要的就是那份世俗得了便宜的快乐。提着那菜，走在巷子里，烟火气深浓，这葱，那小铺的老板，一一都觉出可爱来。

巷子里的百般，让人感觉繁复而琐碎。而我，却爱极了这种碎，喜欢这种俗世的片断，烟火人间的感觉。尘世的味道在其间流转，带着细微的温暖。有些被我们忽略的细节，一一在内起落。

偶尔会有片刻安静，有风从巷子里吹过，徐缓的从一头到另一头。然而因巷子实在短小，你还未感知风，那风已经穿巷而过，等你探头去看，楼侧成排的绿树随风而动。方才恍然惊觉，风，已经过了。

时光在巷子里缓慢流淌着，带着一股熟悉的味道。风雨都因为巷子的窄小而显得犹为激烈，但都只是声响。唯有隔着护栏的那一片景，是你眼里的天空。就算屋外是电闪雷鸣，落入你眼底的，也不过一闪即逝的光，没有故乡的天空里，那一道道撕裂般让人心悸的闪电。

所以，无论晴雨，似乎与你的关系都不大。只是一小片的天空，哪记录得了那许多的阴晴圆缺。

尘世里消长起落的故事，在巷子里游移，也是各不相干的，彼此都有那一小片的天空，记录着自己的天气。风雨如晦也罢，日清月朗也好，总归只是寻常的一段光阴。一如穿巷而过的风，路过了，仅此而已。

　　世事里的此消彼长，都是一些必须的细节，否则，怎可修成就这琐碎美好的尘世。

痴意的纯粹

　　一个冬日的上午，安静的翻阅一些文字，其实对于文字的喜欢，有着一种与生俱来的感觉，那种感觉植入了心底，总是时时在生活里恍然。

　　阳光透过宽大的玻璃窗，投了一片晃眼的白在对面的墙上，有一份温暖的感觉在周身游荡。捧一杯清茶暖手，慢慢的翻看文字。

　　无意中看到雪小禅的《穿袜子的椅子》，短短的篇幅，却让我泪意盈然。如果放纵一下，也许就会落下泪来。很久了，不会在文字里感动什么。

　　就是那样一篇短短的文章，却让我感到一种无尽的温暖，那是温暖，一种来自内心底里的温润与美好，于无声里润泽了心底。

　　我们总在这纷扰的尘世里，无尽地追逐、忙碌，回头看看，惊觉流年易逝。那份逝者如斯的感慨，却也只能藏在心底，化做某个清晨或者黄昏，恍若无意的微笑。我们总在蓦然里，才会认真去审视生活，却也只能于片刻里有刹那的振作，随后，还是被世俗所吞没。

　　多半的时候，处在一个浑浑噩噩的状态。被这个世界麻醉，也同时麻醉着这个世界。无法清醒的救赎，更无法从容的反省。每一种思绪，都在脑海里游离，没有确定，更没有坚信，有的只是怀疑。

遇见与错过的人与事，都在这一份怀疑里，逐渐淡去，或者貌似的安宁里保持了一种表面的静好。让我们没有挣扎的必要，也没有探究的可能。

生活，让我们开始学会坦然，这份坦然却带着血腥的味道。经历过命运车轮地辗压，我们的挣扎显得那样软弱无力的时候，我们选择无奈的退缩，而这份退缩，便包含在我们所谓的"坦然"里。其实，说到底，不过是麻木与冷漠的代名词。

日子总在这一次又一次的反复里，老去。容颜亦如是。

回首，那些眉间眼底的情丝，都化做了土。尘埃密布里，我们已经找不到爱的归途。来处，已荒草弥漫，去途，荆棘遍地。抬眼看，这尘世的纷扰里，似乎已难容下这样一份干净而纯粹的情感。

时光在流逝，我们也背负得越来越多，当所有的情感都不能用单纯想法来左右，太多的东西左右了我们的选择。无论是现实的诱惑还是无奈，同样都让感情显得不那么纯粹了。

或许，也只有《穿袜子的椅子》中那个因车祸而痴呆的女子，会那样纯粹而干净的爱一个人到老。永远地记得为他冬天的冻脚织袜子、穿袜子，永远把有脚的椅子当成他的脚来穿上袜子，还会加上喃喃自语的："乖，来，穿上袜子就不冻脚了。"

除了这些，在她心底已经没有别的东西存在，她的心里只有一个他。尘世的纷扰不再，繁华不再，贫苦及其他都已不在，只有她单纯的爱。

一场尘世的爱恋，一尘不染的爱，只能躲在一场痴意里纠缠。突然就对尘世充满了倦怠感。那一份永不停息的纷扰与争执，还有一份永远没有尽头的欲望与渴求，让生命充满了欲求。使生命无法宁静，无法像一个疯子一样将爱演绎得如此清明澄澈。无论生命处在一种什么样的状态，都只记得心底那个关爱的人，只记得心里的他，也只需要记得他。

在他们尚且算幸福的时光里，那分辛苦在这样的生活里，仍然觉出一种温情。"生活的辛苦被爱情的温暖照耀着，于是也不觉得多苦了。"这样的诉说，带着一份冬日阳光的味道，安静、美好。

"她穿，他脱。如此反复，二十年。"看到这里，似乎就看到时光里那些反复上演的剧情，让生活变得乏味甚至让人疲惫。寥寥几字，却写出了一生的苍凉与悲怆。然而，对于穿袜子的女人来说，心中充满了单纯的关爱与怜惜。对于脱袜子的男人来说，心中充满了无奈与宽容。那份对爱的体悟，想来是因为她的逝去才得以清醒。真正生活在一场不断重复的生活里，有谁会不倦怠？

"那穿穿脱脱的二十年，是他和她的爱情，刻骨铭心、一生不忘。"只有在回头检视生活的时候，方会有这样的感慨。"刻骨铭心，一生不忘。"短短的八个字，却用一生来诠释。没有年少时承诺的轻佻，更没有诉说里无奈的注解。只有经历了尘世芜杂，独留下的一份直白的铺叙。

就像写着的文字，我们不再用华丽的词汇去掩饰生活的真相，也不再用刻意的忧伤去埋藏生命里的阳光。有的只是白描的写下生活的况味，无论甜与苦，都如鱼饮水，冷暖自知。这一份淡远与悠长，掩盖在一份清淡的诉说里，却品出了人生最酽的爱。

他们的爱，不是言语的美好，也不是欢爱的甜美，只是一场缠在痴意里的不离不弃，一生相依。无论对方是什么样子，无论生命里有多少变换，这份无法更改，也不容置疑的相伴，让生命多了一份丰富的赠予，彼此，都会在这样的怜惜里，演绎一场爱里的经典与完美。

俗世里的悲喜与离别，都隔不开这份情缘，这份融入血液刻入骨髓的爱，让真实的生活里，潜藏了一份纯美与清澈。

翻阅着文字，又只能想起那句，问世间，情为何物，直叫人生死相许？哪怕痴了、傻了，仍然会本能地去牵挂那个爱着的人。

问了千百遍，仍然只能在这一个无解的问题里清醒或者逃离。哪怕尘世纷纭，仍然会有一份真挚而纯粹的爱，在痴意里缠绵……

城池

一支笔

　　一支笔，一叠纸，一段有些闲暇的时光。如果还有一些暖暖的阳光，有一角碧蓝的天，或者窗外正立着一株繁花似锦的树。风来，满树的花香，便会轻悄地飘过，香了满纸的字句。

　　那样的惬意，那时的文字里，或许都有着阳光的味道，蓝天的清澈，细密的香精致地在文字里绕来绕去。或许，会有蝶舞花飞，与文字一起在阳光下翩然。阳光下纷扬的尘埃都带了花香，幽婉而轻盈，少了那份浮躁地律动。

　　一直喜欢文字，喜欢涂涂写写，描一些心情里的四季。那样的时光，一律称之为写字时光。

　　那时，一支笔，是所有的财富，无可比拟的富足，是心里无端涌上来的那些想写的×××。不为什么，只是想写，只是要写。没有所谓的构思与技巧,只是写着自己想写的,写着自己喜欢的。

那一刻,心,安然、恬淡、温馨如风。

于是,就一路写着,不知不觉的陷入自己用笔堆砌的堡垒里。

一支笔,成就了一座心铸就的城池。因为有了那样一座城池,在城市的躁动不安里,少了些浮华的气息。熙熙攘攘的人流,为利来,为利往。而我,自指端灿了莲花般的静,淡然地笑看了尘世间的来去。追名逐利,在文字里远去。

知道自己终究只是俗人一个,也有着世俗的向往,会为名累,为利忙。然而,因为一支笔,给自己铸造就了心灵歇息的空间,让浮世中的自己不会忘记灵魂深处的悸动,不会一味地去追寻利禄,而忘却初衷。

能够于匆忙中有些"偶尔",让自己静听生命最深处的声音,譬如花开,譬如风过。这样,就不会一任心在世俗里沉沦,陷入世俗的追逐里。

执笔,心,静下来,安静地聆听生命里的颤音……

一本书

一本书打开在桌面,有阳光斜斜地照过来,将书页照得几近透明,白纸黑字的书页,有了凹凸感,恍若雕刻。书边有一杯茶,正热气袅然。那热气里有青草般的气息,驱逐了城市的暗灰。茶香里氤氲了漫山遍野的青葱,感觉坐在远离城市的幽静里。

以最闲适的姿态坐于桌前,不忍破了那氛围,有些虔诚地等阳光跳过了书页。再以手执书,细细地翻阅那些文字里的悲喜与豁达。渐渐地,就会不由自主的陷入,陷入书里的世界。现实开始在陷入里隐退,不觉间,帘前的阳光已然西斜。

抚摸着书,首先闻到铅印字的墨香,总觉着有些清新如兰。似乎执于手的非书,而是一株空谷幽兰,淡淡地与世无争的雅致着,不争奇斗艳，只是静静地开在那里。花开，不为争春，只为懂得欣赏的人去欣赏。

不喜欢太过艳丽的封面，浓墨重彩的封面，总感觉似极了古装戏里男扮女装的角色，脂粉味过重，男儿气息却又未能完全掩饰，反落了个画虎不成反类犬。且一直以为，文字是安静的东西，太过张扬的色彩亦失了文字里的静。

有友自远方赠书几本，一眼便相中了《张爱玲散文集》。与文字无关，全因那如同木质纹理的封面，用行楷写着《张爱玲散文选》。中部偏上有张爱玲的黑白肖像。卷发、高领的旗袍，微微昂起的头，使得眼里有了丝丝缕缕的傲气，唇边的浅笑也似乎有些苍凉，但与整个封面融洽得天衣无缝。

封面的那份静寂与我，有些疏离的感觉，似乎不可靠近，却不忍远离。还是翻开，看她絮叨些什么。她说：文字里养成写作习惯的人，往往没有话找话说，而没有写作习惯的人，有话没处说。不知道此刻的文字算不算得"写作"，若是，当是没有话找话说了。

看完，心，莞尔，忘了封面的疏离感，一步步走进她的世界。

一本书，宛如一座城池，静待我去陷落，而我——心甘情愿进入，或者说于现世里逃避——远离尘嚣，空置了心事，于墨香里虚拟了自己想要的繁华，静看生命在书页间如花绽放。

一首歌

一首歌，或者说一段音乐，也是一段时光，流动着的，行云流水的时光。

喜欢那样轻轻地放一段音乐，坐在有些闲散而稍显落寞的时光里。一任自己深深地陷入，有些傻甚至痴的陷入。静听——陷入——偶尔清醒——再陷入，这般反复着，时光便在如水的音乐里一段段流逝。没有心痛，当然不会奢谈生命这个词。只是淡淡地的想念一些人，一些事。或者，那也是生命的一部分。

艾略特的诗作《四个四重奏》——很深的声音是听不见的，但只要你在听，你就是音乐。如此，生命里的那些时光，或许让自己也成为了音乐，才会那样忘我的陷入，似乎与听着的音乐相融一体，任自己在音乐里飘游。

有时在文字里不能描述的感受，在音乐里却可以，那份不能言说的相知，在音乐里轻轻浮现。刹那，却是心与心相契的一瞬。一直以为文字是凝固的音乐，而音乐是流淌着的文字，或许，这才是钟情音乐的理由。

没有特别喜欢某种音乐，也没有固定的时间去听音乐。只能于偶尔的时光里，或者说偶然里听到某一首让自己深深共鸣的歌，或者直抵心端的旋律。那时，心里万般的念想都化作了轻烟。所有的尘烟都弥散开去，独留了音乐中畅游的自己。心，开始失去方向，只如音乐在空气中飘荡。

听，听，只是专注地听。这样，又陷入自己用音乐打造的城池里，不能自拔，不想自拔。

听着一段音乐，就似乎看着时光优雅的走过，那袅袅余音，便是它风情万种的回眸。那时，不醉，也不知归路。

所以，不管再忙，总会忙里偷闲，给自己一个相对安静的空间，让自己在音乐打造的城池里小憩一会。让那颗在忙乱中逐渐粗糙的心，在音乐里回归恬淡和安宁，过多的锋芒也在音乐里逐渐圆润如初，少了那份咄咄逼人的疼痛。

有着这样的理由，让自己更加迷恋音乐，迷恋那座城池里的恬淡与舒适。虽只是偶尔，却可以让世俗的烦扰于音乐里淡去——渐至无痕！

瞬间雨意

　　晨起，雨意微澜，一些心事就落入心湖，缓缓漾开丝丝缕缕的秋意。

　　异乡的秋里，总会有一些情愫错空而至，像一场纷乱的光影交错，于斑驳陆离里撩起生活的面纱，只是一瞥，真相就在十月落了淡淡的嘲讽。仿若阳光里，那份薄凉，有些微微的寂寞。

　　透过微薄的雨雾，传入耳际的是清脆的鸟语，一些字就摊开心底的书签，静静落墨。以安静的姿态，似飞燕掠水的尾翼，轻灵而舒缓。携了一丝淡愁，如雾。

　　忧伤在心底盘桓日久，已不能成眠。它没有睡去的时候，清晰的记忆就已生动地醒来，一切的往事如浮光掠影般次递路过，不肯在某处停留太久，只是翻阅。细细揣摸的年龄已经过了，回首，一些留存在记忆里的话语，偶尔温暖异乡的静夜。

　　生活在继续，一些纸上的故事，都有了结局，哪怕不尽如人意，还是罢休。

　　走在秋天的风里，莫明会想起某人，脸上或许有了笑意，温暖，淡远,亦有半分无奈。

蓦然回望,时光总在篡改很多细节,到最后,还是用注定做解。

释然一笑,其实颇多无奈。人生,不如意十之八九,终。还是冷了心底的向往。开始一任自己深陷,下坠……

生活的堕落,就像一个无底的深渊,没有尽头,只有开始,没有结束。

秋天,总有一些思念开始停在纸上,做短暂或者长久的萦回。在来去里,都掺了些无奈的意味,有些似这个季节的阳光,炽热的模样里裹了淡淡的凉。也有些似生活里,拼命奔走时,心底那份深深的倦怠。倘若未曾提及,我们都说着"安好!"

秋风啸叫从窗外路过了,季节亦闻风而至,有些言语还没排列整齐,就已经被他人说出,流言开始在风里乱舞,说一些似是而非的场景。一些记忆,开始在冷雨敲窗后退去,静静地躲在时光的背后,也许在侧耳倾听关于雨的传说,或许,只是留了嘲讽的伏笔。

带着寒意的微笑从纸上跳出,字里的那些针,都生生地扎进心底。如秋日里一场躲不过的冷雨,敲窗的点滴,都写着离乡的痛。

背井离乡,一切的感觉都是脆弱,轻轻一碰就碎了一地,佯装的坚强在一场莫名的雨里瓦解。

没了故乡的飞檐,只有雨声在窗外肆意纠缠,清澈的柔软就落在心底,轻悄写就想念。远方,还是故乡。

夜雨在窗外,我在哪里?于午夜梦回里,蓦然自问先惊了自己。环顾四壁,借着路灯的光,隐约里,四壁的白有淡淡的灰色,满屋子的冷清和寂寥。如落尽最后一片叶的树,单单只剩下这阔大的空旷,只剩下广袤的天空做背景,只有淡的云,淡的光与影,更淡更冷清的是躲在萧瑟里的心。

窗外,仍然是黑的夜,夜色中传来重复而单一的劳作声响,让夜更有一份恹恹的落寞。于倦怠里疲惫睡去，连梦里也是不停的奔跑，仿佛，没有尽头……

似乎有人从雨里路过，把诗词零乱在风里，告诉我一些恍惚的句子，想抓住某一片即将零落的信息。努力向上伸的手，摸到黑夜里最深的疼——距离。清醒，开始触及夜的清冷，一些带着凉意的词汇，在脑海里排列、组合，最后，还是散落在异乡的风里，不着痕迹。

次日，又是前一天的重复，好似我总在原地，只是时间去了别处。

偶尔，停留在文字里的时光，错将闪烁的暧昧当作爱情，和自己恋一场地老天荒。那样义无反顾的投入，以为那才是一场脱离世俗的真，却未料，只是某人的铺垫，只为躲在荧屏后的得意。其实，现实将飞短流长的宿命，从开始就已经结束。

还好，一切都还来得及。无需转身。按下DEL键，断了所有，忘却。各自天涯。

向往那一份不可企及的遥远，只因时光流转，一个季节来了，一个季节去了。而于时光里的等待和相守，像一场没有尽头的长跑，永远的在跑道上旋转，也许一直不会停下，也许，下一刻就被遗忘。繁复上演的相似情节，让人于疲倦里带了绝望。

而现实洞穿虚拟，一场告别没有仪式，无需郑重其事地说"珍重！"只是断了。

坚持，开始成为唯一的生活方式。不再诉说，不再要求，只是聆听或者沉默。不置一词的安静，让生活充斥着诡异的宁谧，百折千回里，还是深陷。

雨，落下来，有一份淡淡的凉淌入心底。清醒了秋的梦境，开始试着遗忘或者放弃。

得到与失去，终还是成为心底的疼痛。

味之觉

咖啡

　　一杯咖啡，一个有月的晚上，便是一段华美乐章，彰显着从容不迫的富贵，如低缓沉着音律，有着扣人心弦的莫名魅惑。距离，开始用想象和仰望填写。不能靠近，欲罢，而不能。

　　一次偶然的机会，看到一篇关于咖啡的文字，就像一场不需要听众的诉说，清清淡淡，却有着让人陷入的灵性。准确的说应该不是一篇，而是四五个小节，每一节都是关于咖啡的语言。有初品咖啡的"惊艳"，继而加糖和奶，尔后只加伴侣，最后放弃一切的添加。

　　那是一场用咖啡来叙写的人生。他说人生就是一个不断舍弃的过程。的确，我们在不断地追求中，向往自己想象的辉煌，一旦抵达想象里的境界，便知道所有的一切饰品都是多余。这般，不断地向往——达到——舍弃。成就了一个从简到繁最终回归简单的过程，不知道这是否就是返璞归真。

就如同此刻不停追逐着的彼此，总是不厌其烦，无所不用其极地去达到自己的目标，或为名，或为利。最终拥有再多名利的我们，也只能如那撒了一网后，在海边晒太阳的渔翁。得到那份满足的快乐，和一切安静下来后淡泊的彼此。

咖啡对于我来说，只是一场奢华地想象，偶尔出现在自己打造的场景里。闲极无聊对着窗外的青灰，构思一些华丽邂逅的道具。女主角优雅、精致，似那般的女子必得坐在咖啡馆里，带着淡淡的无奈，笑里有一丝丝的凉，咖啡在女子桌前冒着热气，渐渐冷却。会有男子远观，试图接近，最终未能举步，缘于那杯冷却的咖啡。

因为凉，所以走远。因为凉，所以只能邂逅，而无法重逢，甚至连继续也没有可能。

那时，咖啡在整个的剧情里，成为一个不可或缺的道具。似乎每一次思谋都是这般的结局。或许咖啡在我的潜意识里，原就暗示着一种距离。一种高昂着的冷漠，有着拒人千里之外的气息。可以欣赏，却无法走近。

渴望与现实的距离，在一杯咖啡的时光里如此短暂，只是从滚烫到凉的过程。这样，走近的渴望与实现走近的举动，被控制在一杯咖啡的光阴里。而那杯于视野里渐渐失去温度的咖啡，如同女子等候的心情，冷却。走近，也是远离，彼此——错过。

说来，总有些凉咖啡的味道。仿佛有一份清澈的寒意，透着杯壁，刺入心底。有些浅浅的痛，却只是浅浅的，似有——若无。

就像自己存着的文字，零碎而散乱，大部分连自己也忘了，是什么时候随意敲下的片断。一时的感悟，都是些点滴的心事，有些华丽的精致。敲打着那些文字时，心情就像冒着热气的咖啡，漂浮着的都是精美的想象。此刻去看，已在不经意间冷却，失了香醇，只有深深浅浅的凉彳亍其间。

那些往昔的情绪，在此时重读，只是唇畔的浅笑。寥落、安静。就像一杯再加热时，也失了原味的咖啡。

文字在一杯咖啡里冷却，咖啡在我的文字里依然不改的华丽着。

我知道，那一切或许终究只是我生活之外的一场奢华的苍凉。无论热或者凉，都是别人的故事。

而我，穿行——路过——回归。

清茶

一杯清茶，一本闲书，一支笔，一本可以涂写的笔记本。当然，还得有一段清闲的时光。

那时，什么也不想。只是聆听，听自己内心深处的声音。有记忆在一杯茶里袅然，和着云烟的气息。时光，开始温软的回来，重回到那些清幽而普通的夜里。

总觉得一杯清茶就是一篇清风朗月般的散文，且有清泠泠的琴音缠绕，不是诗却胜是诗。其间，有幽雅的气息牵出思绪里的那抹安宁。心，平和，安静。似乎连尘埃落下的声音都可以听见。俗世里的困扰在一杯茶里淡去，或许，不是淡去，而是被茶的幽抹却了。

喜欢这样静静地凝望，透明的玻璃杯里，那渐渐展开的茶叶，渐渐洇开的茶色。叶，如同活过来般舒展开来。而水里，就会有茶生命的印迹，在逐渐改变的色泽里慢慢升腾。那一刻的茶，是复活的精灵，连同那一份来自山野的幽，一并复活了。

那样安静的生命，在一个小小的玻璃杯里，并不困于狭窄，尽情地飞扬了生命。轻轻地、轻轻地将曾经在水里翩然。那份小小的执着，清澈的生命之舞，那份沉默着地坚持。看着，就有了一份暖暖的感动。

困于现实的彼此，常常会叹自己"命运不济"，困于生存的狭窄里。总是一味的向往着繁华，哪怕只是繁华里的一个过客。仍然乐此不疲，前赴后继地走向繁华，颇有些义无反顾的英勇。没有想过，在自己所处的世界里，制造属于自己的，哪怕只是小小的精彩。而是一任自己被繁华淹没——甚至吞噬。

那时，我们忘了自己的最初，忘了父母的叮咛。甚至会忘却，这人世间最重要的东西——健康和快乐。我们在追逐繁华时，经常会用健康和快乐做赌注，去换回也许是一生的富贵，也许只是一时的繁华。

赌时，我们豪情万丈，没想过输时的寂寥与落魄，只费劲心机地想把繁华握在手里。待到真正的握住繁华的手，生命里最珍贵的东西，在我们不在意间已经失去。到最后，哪怕有一生的富贵，失去了健康和快乐，生命，对于彼此，还有什么意义？

处于繁华的彼此，我们常常会忘了茶的安宁。喧嚣的尘世，已经容不下一杯茶的清幽。感叹，总会自耳际轻轻叹过。风里的茶香，一淡再淡。自记忆深处翻阅的那抹茶色，也似乎找不着最初的肯定。是与否，在尘埃落定之前永远是心中的疑团。

喝着茶的时候就极想写字，其实不是写字，而是听写，写自己内心的声音。斯妤说，散文在很大程度上是一种倾听的艺术——倾听你内心的声音，倾听你灵魂的悸动……当那独特的声音从生命的幽深处逐渐浮现出来并且生长，枝繁叶茂时，你所要做的，便只是——听写。

或许，因为有着那时的"凝视"，方有了这一刻的"听写"。写来，只是为了让俗世的尘埃，在一杯茶里静静落定，让自己不再遗忘茶的颜色，茶的幽静。

哪怕，再多的烦扰，也要用一杯茶洗去，还我如茶般的淡定和安静。

离尘半日

阳光,温软,带着一缕积尘的味,有一股暖烘烘的感觉漫过来,似乎那尘带着一丝暖意环峙在身边。随意游走在街边,看车来车往,人流如织。身边陪同的人,也有一脸城市的倦怠。那笑,也仿若落了些尘,有些面目模糊的感觉。

似乎常常会陷入这样的境地,明明是走在身边的人,却怎么也看不清面容。而那人隔了山长水远的距离,却在心底清晰地描了生动的眉眼,活活地跳跃在眼底。想他笑,他便上扬了嘴角;想他忧伤,他便攒了眉心。其实全是一己自私的想念,总是因己喜因己忧。

偶尔,也会有剑拔弩张的尴尬,突然会想起那人横眉立目的模样,即使游走在喧嚣里,脸上也会有一份淡淡的无奈。是呵,总在自责,相处时,为何不能懂得珍惜,呵护那相处的每分每秒,总在时光的这端怀想,方才横生了这许多的感慨,落在心底,积在眉端。

走在安静的寺院,宁静得连一丝梵音经诵也无,更是无人行走。道边有紫色的花,大片大片的开着,在阳光下兀自热闹着,有一份混乱季节的明媚。那样不自知，那样自由而肆意的绽放，有一份奔放的快乐，在花里流淌。就觉出一份淡淡的欣喜，低下头去细看了，只是小小的五个花瓣，许多花簇拥在一块，形成远远看去的一朵。可爱的繁茂着。

那些沉落在阳光下的骨灰坛，寂寂地热闹着。那么拥挤的林立，却如此安静。想来那些安静着的灵魂，身在红尘时，定也是经过一番生死挣扎，或许也有过铭心刻骨，爱情情仇一定都有过。而此时，却一般无二的安静着，在深冬的阳光下，居然有些可爱的宁谧，有一份说不出的安稳。

或许，只有他们才算真正的超脱，再也不知愁或者欢乐。于他们，所有的情感都只有这一片安静。

佛堂内，供着的灵牌精致而小巧，亦有一份让人说不出的宁馨，有灵牌上有夫妻二人的照片。突然感觉到尘世里的恩爱，在死去后得到延续。

也许，对于我们来说，面对死亡，应该有许多伤感和无奈，可是这一刻，在这个空旷而宁静的寺院，我只感受到一份源自心底的静。那份静，似乎在尘世里，被山泉水洗过一般澄澈。对于那些在阳光下林立的骨灰坛以及佛堂里供着的灵牌，居然只有一份不忍碰触的安宁。

看那些在阳光下小小的塔，黑灰的色泽，仿佛想象中雷锋塔的缩影，精致而有一份淡淡的疏离。与尘世有些距离，有的用大理石垒了低低的平台，塔前还有别致的台阶，或许象征着灵魂的提升还是其他。我没有去问，那寂寂的寺院里，除了一个在佛前虔诚上香的中年妇女，再无别人。

佛前的案上有签筒，走过去，随手抽了一支，居然是上签。女子走过来问，问什么呀，是否问婚姻？其实我没有想过问什么，只是想抽一签，如此而已。倒是给她给问得茫然了，是啊，我问什么？

这尘世中，有多少是理不清，剪不断的。事业。生活。感情。哪一样都想知道，又怎么能知道想问什么。想问一切，想知道一切，却知道那也不过是一个美丽的谎言而已。安慰了自己片刻的心境。付过抽签的费用，并没有想过去解签，女子说，过去隔壁那里，解签，十元。

想来，也不贵，若能在十元里觅得自己人生的最终归宿，当是超乎寻常的便宜。

可是没想过要解，于是，搁下。慢慢走出去。也未曾去拜那尊高大的佛像。说到底，还是不懂。

绕过一些空寂高大的佛堂，在大殿无意撞上三个僧人做晚课，在那样简单的佛器里，敲出的音乐却让人不得不肃然。静静地旁观，看那着黑色长衫的僧人赤足在大殿内来回奔跑，那僧人于香案前舞蹈一般，或许是什么仪式。

那份心无旁骛的深陷，和着那些梵音，僧人众口一词诵着的经唱。让看着的自己，恍然间就被他们带入另一个世界。那里，宁谧。安静。一切尘世的纷扰，都纷纷落下，像雨后的轻尘，再也无一丝想飞的欲望。然，却不是消积，只是一种生命里本真的静。似乎，回到最初。

安静地倾听，其实不懂他们所诵是什么经，不敢说禅，对于佛经，也仅止于望而却步的境地。总以为那些高深莫测的东西，只能仰望。或者如我这般的，亦是被普度的那个，只是自己未觉。那份跳跃于梵音经唱中的禅意，让心如止水，无一丝波澜，那些尘世的爱嗔，突然都觉得那么远。

静听着那些清音，有人唤，恍如未觉。那人便言我痴了，道你傻傻地听。是呵，其实，我只是一介尘世女子，不过是被那份梵音偶尔敲醒。离开了这座寺院，我仍是那个在红尘中摸爬滚打的女子。强烈的爱与恨，在离开这份宁谧开始重复。

站立一旁听着僧人的晚课，有阳光从大殿的后门斜射进来，不偏不倚在我身前尺许。那一片在幽暗的殿内，唯一的亮光，恍若度人的路，似乎踩过去，就会被佛普度，就会脱了这俗世里的烦恼，一身轻松的走在自己想要的宁静里。那样想着，不觉有些痴了……

想来凡尘中的彼此，都会想这样或那样的方式，想到但凡有一时片刻可以逃离这尘世的纷扰，方有了这许多的精力与尘世的自己挣扎。

阳光淡下去，眼看天色已晚。没有听完晚课，走出寺院。回头，再回头，远远的听到僧人晚课的声音。其实只是三个罢了，落入耳底却是那众多的梵音清唱。

直至再也望不见寺院，身边的车流人流，让我明白，又回到了尘世。这个自己永生也摆脱不了的地方。无论爱恨，都有那样强烈的动荡，强烈的不安，何尝有佛前的一丝宁静。

其实若能伴着青灯古佛，清心静气的过一生，也是一种人生幸事。只是佛会度我这样俗怨深重的女子么，只能笑笑再笑笑，仍然落入红尘里。

聆听

  安静聆听尘世的喧嚣，在耳畔此起彼伏，看到生命在一截截荒芜，内心没有惶恐，只有淡淡的难过，半生的追逐与选择，曾经确信的珍爱与相伴，都只能在一场尘世的聚散里笑笑作罢。

  走到最后，我们仍然不会言明，其实真相已经暗藏在脉络清晰的过往里，只是彼此保持沉默。维持着一份尘世所谓的安好。内心的丰盈与衰竭是看不到的海枯与石烂。

  誓言的美好，在于可以任由你去想象，无论是否能够抵达。现实的美好，在于你无需想象，也有可能拥有美好。只是前者更易实现，而后者却往往需要运气。而我，也许不是最愚蠢的那个女子，却一定是一个运气不佳的女子。

  现实里，有很多的东西，知道了是一种悲哀。雪小禅说：聪明的女子活到老需要勇气，因为她已经有足够的聪明透视人间的繁华，看透生命的本相。我不算聪明的女子，但对于很多的世事，总还是在心底有一份认知。除了对于尘世美好的眷恋，更有一份对人性劣根性最起码的认识。

其实，聪明未必是一件好事。特别是女人，傻是幸福生活的根本。

窗外传来一些浮世的喧哗，有人唱着很难听的曲子，那声音里有一份压抑的痛楚，也许，尘世已经让所有人倦怠。却因为诸多的无奈，却不得不继续走。也或许，我们原本就已经习惯了向前，偶尔停下看看身边的风景，说说心底的情愫，已是莫大的奢侈。

每一次等车，如果车不来，都会在路边慢慢地走，哪怕艳阳高照，看路边的花，细碎的、硕大的，一一点缀着眼底的景，心底就会有一份欣喜。生命，有许多无法摆脱的倦，但更有许多，无法放弃的美好。

那歌声还在继续，高低抑扬，带着一份无奈的宣泄，感觉像一场自我陶醉的演出。人生常常如此，你的人生在他人眼里是戏曲，也是风景。无论是否美好，都曾经成为不同人眼底的景。

在青春正盛的年月里，我们义无反顾决绝的别离，转身的毫不犹豫里，总以为等不到千帆过尽，就会有命里注定的那个人出现。可是，人至中年，才明白，千帆尚未过尽，却已经明了——那人，多年前曾经路过。生命如花开过了，却只剩下独自颓败的景致。

回首，那人早已不再，灯火阑珊的等候，只是一场虚拟的浮生。

老友重逢，感叹最多都是年月，流年似水，一句话就抵消了所有感叹。再也装不出青春，抓不住青春的尾巴。再亮眼的颜色，也穿不回青春的美好，那些开得正艳的时光，一眨眼，就成了他年。

看看彼此头上隐现的白发，心底独有的荒凉弥漫。总是回望当初的青涩，记得那时的傲气与不羁，而此时，被生活磨砺得只剩下沉默。当无法圆滑的时候，我更多的选择沉默。

诉说，开始成为一种驱散冷清的方式，不断的说说说，那些青春的时光，就会偶尔重现于眼底。眼角的纹路，却也再回复不到旧时的平滑与美好。

生命呀，就像一场开过就败的花，无法再期许明年。

而爱情，更像一场花事里的惊艳，只是刹那，再也无法回到当初的纯真。

只是，无论经历了什么，能在生命的每个历程学会聆听，就一定能走到生命的开阔处，让生命更为充盈和美好。

三月，琐记

清晨，微凉。

身披一袭薄凉，有一份清澈的微寒，清冷而寂寥。三月的初晨，如此安宁，三月的人，这般慵倦，人与季节，各自相安，无事。

窗外的鸟鸣在微雨里清亮，透过斜织的雨丝，有鸟的身影笨拙地掠过枝头，叶，轻动，继尔宁静如常。

生活一如往常，在一片仿佛的安详里暗涌了无法预知的去途，知道生命无常，原就是无可揣测。却仍然想抱守这片虚假的祥和一直行走，哪怕只求得片刻安宁。

抬头，雨意盈然的天空，有深灰的色泽，风雨欲来的感觉深重。却知道天气也和世事一般，变幻莫测，瞬息万变里，或许下一刻就是阳光普照，春暖花开，也未可知。

路过一株开花的树，定睛细看，方知是去年摆放在大门口的年桔，被人移植于泥土，满树金黄色的果子落尽，却于这个春末花开满枝。白色的小花，于这个春里，兀自热闹。有一份不争的淡然，静静地弥散。

不知是否真有前生，而前生自己又是什么？是否就是一朵这般普通的小花，就因在你眸中盛放。一瞬，便结成今生这朵遥远的微笑，一直在心底不能释怀。

回首，旧事如烟，结成此时的想念。眉目间的依稀仿佛，将宿命里的安排，在一个字的距离里放弃。如一朵花开，一朵花落，都是花的事，与人，无关。而彼此，兀自开落，亦与季节无关。

正午，微暖。

似有若无的阳光，照着一片安静的倦怠。

三月的春里，暗涌着一份说不清的柔软，一份让人心动的悱恻。这是春天的情愫，缘于春。这个春天的时候，是谁守候在爱的废墟前黯然，谁在爱的盛世里欢畅，又是谁在爱的长短里纠缠着聚散？一些情愫，在春的气息里起起落落。

这样的季节，适合想起。无论是得到或者失去，都有着同样的柔软。不再刻意去寻根究底，来或去，都随意，相逢与别离，都勿需强求。能够于短暂里，得一丝一缕的欢喜，亦是幸福。这样恬淡与安稳，又恰合了我喜欢的一个词汇——妥贴。

愿世事都如这个词一般，没有起落，只有平静安宁的美好。若风拂过耳畔，发丝被风吹起，那份惬意与舒畅，一如你的微笑。

总是在想起你的时候就揣想江南，在这个季节，一定是春意葱茏，杨柳堆烟，清新的绿意，折叠起残存的冬意；碧蓝的湖水，将漫天白云种成心底的景致，一生一世的相拥便落入满湖清泠泠的眉眼里。俯首。抬头。就这样将一个温软而柔媚的江南呈现给你。

尘世的景致，一处有一处的繁华，一季有一季的妩媚。而所有的热闹与清冷都不过是身外的风情，那些留于骨子里的思绪，终还是与季节背道而驰。

都说世事如棋，若真如此，你与我，又是谁手中的棋子，是命运还是人生？抑或只是我们为了逃避现实的一个藉由罢了。

傍晚，清寒。

三月的傍晚，有些淡淡的寒，微薄。

自墙角探出的绿叶，雨的润泽里，有一份春的明朗。干净，清爽。

仰望天空的时候，有青灰的色泽充斥了眼眸，尘世的浮华是我们摆也摆不脱的羁绊，或许如你所说的因果。那些佛里的禅机，展开便是释然，握在手中即是不悟了。只是我总是不悟的那一个。而你，或许在多年以后还会想起我怔怔的表情，那份不能了然的惘。

徘徊在一个季节的尾端，有些想念还没有抒写，就已经凋零，有些心情还没还来得及收拾，只能于一地狼藉里依然观望。所有情思，都有了捉襟见肘的尴尬。突然明白重逢或者遇见，都比相守寒意更重。只缘于聚后的散。

了然于心的结局里，是否依然可以摘一朵微笑的花，别于襟前，哪怕明日，又隔天涯。若如此，就将你的微笑嵌入心底，所有的一切都失去的时候，还会有一朵心底的微笑。

凝神细思，其实能够与一朵盛开正艳的花相逢，与一朵正好展开的微笑遇见，已是三月最好的礼物。

窗外的雨，住了，但晴得也很勉强。阳光那样懒懒的照过来，似乎有什么就那样轻轻的泄落，一地都是碎碎的柔软。这样的时刻，总有些轻且浅的感觉，找不到主题，只是一种瞬间的感触，不是伤感，不是快乐。或许只是平静的吧。

午夜，沉寂。

沏一杯茶，执一卷在手，或许不为看，只为迎合茶的雅意。

喜欢用一杯茶取暖，放上几片绿茶，以沸水冲开，用双手捧住杯子，看茶叶在杯中舒展。此时，杯中的茶凉了，手中的杯也凉了。透过杯壁传来的夜寒，将手心的暖——抽离。

只是，春末的寒意总是浅的，一如那杯中冲泡过几次的茶水。隐约有些茶的颜色，却已没了茶味。

白天的喧嚣与浮华，在夜的莅临里沉落，尘埃落定般的静寂，于一杯茶里悠然。耳边有被嘈杂切割的人声传来，是隔壁的孩子在哼唱，一些俗世里琐碎的美好，便在夜色里萦绕，挥之不去的是一分淡淡的远。

想象佛祖拈花微笑的一瞬，十丈软红里，那些纷繁都一一落定。而这夜色，是否也携了几丝佛祖微笑里的禅意，让人心安定，坦然。

夜色里，所有的一切都开始关闭，而心幕却逐渐拉开。开始与结束，总是紧紧相依。

回首，你的微笑在夜色里点亮所有寂寥，原来，一个人的孤独不是寂寞，想念一个微笑的远才是真正的寂寥。尘世如此繁复的抒写，浮华里老去的都是旧事，历史也在白纸黑字里定格，成为不可更改的曾经。而彼此，仍然在一朵微笑的距离里相望。

这个三月，揣想一个的微笑的距离，有些伤感，有些释然。

四月书签

四月的雨，似乎也浸了一丝阳光，薄薄地暖，淡淡地凉。都不经意，仿若一幅写意山水，信笔涂了，却有着清水出芙蓉的雅韵。安静。清爽。

房间里缭绕着的爱恨缠绵，被窗外的细雨，慢悠悠地牵扯如絮"我在你身边，你却看不见……看不到终点……"那雨也没了终点似的，一直下，一直下！

细雨如丝，润了你唇角的浅笑，那些似曾相识的气息，缠绕在记忆还是现实里，有些恍惚。

字里就有了模糊的影，是你还是字，如同一个魔咒，开始写就叫做回忆的字。

雨意萦回里，有酸涩的心疼，时光走得太急，还未曾留意那被雨里洗亮的眸子，就已错肩。

只是瞬间想起，仍然会有一抹淡淡的笑，如微风，拂过旧尘，那一声悠长的叹息，就在心底来去。

日子，仍是无波无澜，一日重复一日的宁静。

一如窗外的雨，来去无声。于不动声色里，已暗换了天日。风，掀了帘，屋子里就浸了四月软软的凉，有些微薄的明亮，似乎连日的阴雨都——冲淡。

一缕似有若无的阳光顺着风掀起的帘溜进来，瞬间又随风去了。在书页间留下一道淡淡的影子，不知是阳光还是风的。转瞬即逝里，只留给记忆一道仿佛有过的印迹。一如生命里那些轻尘，偶然想起，才会怔然于生命的多姿。

紫陌红尘里，每一天都有新的故事演绎，相似的版本，不同的主角。一如我在四月里的文字，相似的端正，不同的心绪。只是物事人非里，字仍是旧时模样，人却是朱颜已改，流年暗换。

写下的字在纸上静默，笔亦搁于案上，墨痕已干。恍然。若梦。那些纸上的字，案上的笔，似乎是多年的图景。有灰黄的毛边，陈旧的柔软。回首，却仍然重逢于生命的这一刻。

时常觉得许多场景类似，那些感觉落入笔底，在心底都会有隐约的温软，些许轻微的痛。淡且远，幽而长。一丝儿也不能勉强的是光阴，倏忽间就过了。那些长短交错的字句里，心思千结，终还是抵不过一转身。那些曾经，只能于心底轻唤——他年。

握着书卷，在一些字句里轻轻划下墨痕，一如时光里一些旧事，被我们用文字记载一般清晰。循着文字的目录，我们轻易就可以觅得当初。只是去路，却已荒芜。

抬首微笑的时候，阳光正好，春意正浓。窗外的桃红柳绿，正酣畅着春的画意，花团锦簇正细细临摹着春的诗行。端坐于春的诗行里，幻想将日子过一首词的模样，开始总是那样美好，最终还是落入茫然。

坐在窗前的守望，将日子打磨成一枚圆月，期待所有的日子都是重逢的团圆。美满的感觉，时时在梦里微笑。只是，现实终究还是抵达不了向往。

想起，似乎光阴未改，仍是当年的笑颜，当年的重逢。然而，还是费力了，或许太过迢遥而不能清晰记取，以至于不能确定，那样的记忆是否真实存在过。

四月的草长莺飞，躲在江南的某个小镇，与我遥遥相望。江南，这个温软的词，总是落在文字里，带了些莫名的水意。心就会静下来，就会有清风柳絮，明月千里。

长条的青石板上有绿意盈盈的苔痕，斑驳着想象里的春浓。绿柳轻扰，风荡开一池碧波，恬然舒适。

这个季节，小镇已然蒙了的绿意，一望无际的绿，漫山遍野，浅浅的，嫩嫩的，刺得心里发疼，落在眼眸里，便无尽地弥漫开来。无尽的欢喜，如在水波里跳跃的光影。

有人自江上路过，哒哒的马达声，是每个午后必然回响于窗前的过客，带着帘内的向往与怀想，扰开满庭的静寂，去往山的另一边。定会有白色的水鸟，在船头飞跃，那翩然而来，悠然而去的影，最后在眼底与江水重合。

弯弯曲曲的河水，有水波在流动，听不见声音，推开窗，能看见嫩绿的柳条在水影里摆动，便知道，有风。

风也显得那样的自然与轻柔，仿佛这天然就是一个梦，不忍把一切惊醒，沉睡在梦里的，安分地守着这一份宁静。

那时，你倦在午后的梦里，开始编织一个又一个的故事。风声水起，波诡云谲。醒时，清风徐来，水波不兴。你眼中的绿意，漫过窗前月光，满山的青色，都开始在心中涌动。

晨起，山色空濛，炊烟袅绕。淡淡的木柴香，在空中弥散。晨露洗净夜的晦涩，天，还是那么蓝，水，仍然那么绿。而你，仍然忧郁。

沉默，让雨意浸润了时光，为表达的唯一方式。只能在文字里轻描淡写，故事却已经走得很远。至直彼此都无法看清，背影，荒凉了暮色。

我开始与文字进行长时间的对话，随手涂抹一些心情，合着窗外的雨，对那个暮霭沉沉的远方轻诉。

总在揣想这个四月，那个端坐在故乡小镇春天的人，是否会对我文字里的某个细节，产生幻觉。或者停下，开始留意我天空的冷暖。一些类似温暖的情愫，会在某一刻袭上心头。他抑或我，都将这份感觉定为幸福。

其实知道，幸福总是很遥远的一个词。但偶尔还是会奢望，只是偶尔。

那些流于眼底的年华，转眼就了云烟。于一片淡烟暮霭里，还有什么是心底最真的向往？不若一场尘世里静静地相守。

只能微笑，生活像一场又一场说不清道不明的相遇，于重逢与别离里，让我们明白取舍。放弃与得到，都在一念之间。那些结果在开始就已注定，只是彼此的不甘，让过程一一走完。

地底的潮湿，滋养着夜雨的缠绵。一些花开了又谢了，轻绕在雨里的一丝残痕，嵌入四月，就成了寂寞的茧，总想破茧成蝶，说一些让彼此勇敢起来的誓言，只是，转身的距离，遗忘。

生命里的尘埃，飞扬着又落下，落下又飞扬，至直迷了眼，仍然觅不着自己想要的地方。辗转在红尘里，兜兜转转还是回到当初的起点。

四月，坐在文字里，耳际传来的总是世事的喧嚣，有些故事就开始于盘根错节里更加地躁动不安。

窗外，又开始下雨，不似先前，涌动着无数的不确定……

浮生若梦

　　晨起，听雨滴在檐前清唱，那些关于尘世的歌，一再被复述，仿佛一曲婉约的词，偶然跌落这万丈软红里。无端，就有了落寞。清寂的味道，弥漫在空气中。却，动人如昔。

　　雨中的楼宇，安静而矜持，带着一股倦态的从容与冷漠。雨滴不停地敲打，细密的心事，就融入雨里，带着俗世的无奈与怅惘。一如这个季节的雨意，似是而非的滂沱。欲行，又止。

　　停停走走的心事，结成了茧，落在心间，偶尔会牵扯出疼痛。时日久了，就成了麻木。

　　想念，已成痼疾，治不愈，亦不能好。于彼此，有那么多理由与借口，勿需赘述。相望与相守终是隔了山遥水远的距离。

　　喜欢在雨天放飞思绪，想起那些莫名就会快乐的时光，那些在书页间游走，悠然看彼此在文字里演绎词曲。看春的葱茏，夏的繁茂。有淡而温暖的欣喜，薄薄的浮游在日子里，像一层温软的膜，让心绪如棉，那样深切的想念，清淡地相望。

或许，彼此，终逃不过这尘世一遇，终也只有这尘世一遇。一切的来是往的结束，一切的往，是最终的果。

我坐在灯光下翻书，并不认真，偶尔会和他人搭讪几句。书里的恩怨情仇，相见恨晚，都会淡去在夜色里。

时常处于这种状态，不能深入，亦不能逃离。生活，亦如此。

读到这句："爱情的残酷与惨烈，不是因为短暂，而是因为没有谁是不可替代……"

默然。曾经于心底盘旋的质疑，刹那清醒。

那些纯真年月里的想念与唱合，都曾经有过。而记忆也只留存了那一段美好，时光旧了，我们回不去了。一双无形的手，翻过了那页，再翻至今天这一页，我们都回不去从前。纵然旧梦重温，也只是徒添伤感。

时光，流走得那样匆匆，无意间就走失了彼此。

原来，所有的开始，就是为这无法预知的结局，我们不曾相向走过。或许，也曾试图靠近，只是生命里的阴差阳错，让彼此一次次擦肩。

而你，终究只能是心底最温暖的疼痛。我们在爱过后离开，对彼此的背影都没有回眸，深秋的幕后，总藏了太多关于冬的信息。不再提及，不是不再想起，想起徒添怅然……

只是怅然里，仍有旧时欢颜，清晰，如昔。

这个季节，秋是立了，酷暑却未过，取几朵胎菊泡茶，一朵朵绽开在瓷杯里，有一份淡淡的欣喜，黄的蕊，白色纤细的花瓣都一一恢复了生命，鲜活，且带菊的香息。清。雅。

听店员说是最好的菊花，只是为了消暑，却又一次听信推销者的话。想起星座上的话，处女座最易被推销者所骗。却暗自欢喜了这一份被骗。

寂寂的暖，自杯壁升腾，杯上的卡通小猪笑意盎然，无数围着的红心，也在袅然的热气里悠游。工作累了，看看杯壁上的小猪，感觉安然。似乎有一份浮世的清欢，淡淡的笼在心头，感觉，安然。

蓝色的百叶窗后，是喧嚣的都市，知道离葱茏不远，却没有太多时间去观望窗后的景致,一直在忙碌里来去。上班,走进开灯才会亮的房间,打开空调,与外界隔绝。下班,离开这个房间的时候,天已经完全黑透。

远山近水,都在夜色里呈现一种淡淡的柔软。有些温情的感觉,流淌在城市的夜里。无法渗透,只是仿佛。

又一次回到从前的日子,随着时钟上下班,偶尔可以在网上浏览文字。网速并不好,但仍可以感受少许从前的光阴。会在闲暇的时候,偶尔写字。落笔,云烟俱尽,雪样的白,夜般的黑,清明澄澈,无半点相融,却无半点不谐。

寂静的午后,看阳光在长廊里转角,挣扎着投了影,随着光阴递减,还是黯淡了。蓦地就觉出苍凉,无论怎样华美丰盛,都会渐次消隐。哪怕,留了些传奇与后世,彼此终还是隔了云端。

看一些薄凉的文字,温软的华美,淡淡的疏离,有些距离横亘其间,不能深入,亦不能逃离。有关细节,都不能追究,真相已经在脉络里隐约可见。到最后,仍然是劳燕分飞收场。寂然里,仍会想起关于从前的细节。

握在手心里的时光,渐渐就如沙粒,一点点漏却,不是握不住从前,而是时光不让人纠缠。在记忆里兜兜转转,如在人流如织的街道上穿行,感觉身边的人来来往往,带着俗世的追逐与逃离。漫无边际的红尘滚滚而来,却,各不相干。心,莫名荒凉。

无论多么贴近真实,都只能于回望里还原,陌生,仍然突兀。

曾经,允人永远,亦承诺永远,都会偶尔浮现,只能一笑置之。最后,我们各自欢喜,各自悲伤。彼此,再无关联。

永远,一个让人温润而感伤的词,像一场小小的感冒,纠结在一份欣喜与轻嗔里,总是无法剥离生命的本真。其实无所谓永远,只能是生命里的某一段。

于蓦然里清醒,冷眼看浮生,却只是梦里一瞬。

第三辑　风中歌吟，心痕

九月微凉

九月，瞬间就走到尾声，雨里的迷茫仍然延续，不断哭泣的季节，让人心生感伤。

路边的树，依然绿得刺目，在阳光下安静伫立。没有一丝秋里的倦意，让人困惑。

种种思绪，在九月沉寂。喜忧都已远去，独留下岁月深处，隐忍留下的宁静。也许可以延续，或许只能偶尔。但毋须追究，人活得太累，终是因为欲求太多。

与友偶尔在Q上小聚，所说都离生活很远，不会触及内心，永远是枝枝蔓蔓里的琐碎，不问是否幸福？只说还好吧！由问号到感叹号的过程，有祝福，亦有不想深究的况味。

人生，行至此处，得到与失去，无法衡量，却在内心里独自清凉。有些感觉，只能独品，无法与他人分享。心，到底还是寂寞的，宁愿在文字里喋喋不休，却不与身边的人再诉沧桑。只怕，字字句句都会喊疼，心，却漠然了。

行走在路上，风景无异，只是风里有了凉意，阳光也穿不透。

晨起，落入视野，仍然是那一片芜杂的绿意，远山，近水，没有故乡的清澈。如旧时的风景蒙了隔夜的轻尘，带着城市独有的倦容，永远都不清晰。

一场大雨洗涤过的痕迹，在眼底铺排了一场醒目的狼藉，被水湮过的灌木，像被遗弃的旧衣，带着褪色的印迹，如初的色泽偶有闪现。那些感觉里的苍凉，就漫过来，带着世事无常的伤。

初晨的阳光，并不热烈，晕黄的光带着柔软，轻涂在景致里，让视野里的所有，都无由带了一份柔软的味道。有人说过，每一天的太阳都是新的，或许，正因如此，才会让落拓的景都有了沧桑的深度。一如落魄的旅人，残留在心底被风景浸染的旷达，早已不是衣着的光鲜所能体现。

有些东西，融入生命，渗入血液，在我们不知觉里以另外一种潜在的状态存在，无论时空如何更换，始终存在。

就像生命里经过的那些事、那些人，哪怕隔了岁月的远，回首望去，来路已荒芜。此际的熟悉，早已看不出你曾经的印迹，而心终究会让自己泄露秘密。言行举止之间，还是会落了轻痕。无论如何掩饰，都是惘然。

尘世的凉意，浸入了骨髓，学会去欣赏阳光，却终究还是未能暖透这安静的字。

凌晨两点的街道，是狂欢过后的场所，四散零落的纸屑与胶袋，在一场黑夜的风里，实现自己飞翔的愿望。

偶有行人路过，三五成群，带着微醺的酒意，嗓门粗大，踢踏着拖鞋迎面而来。摇摆着从身畔路过，没有对视亦没有回头。彼此的凉薄可见一般，世上之人，并非宠辱不惊，而是事不关己。

若说这一番擦肩，浪费了前生的回眸，真正是有些煞风景的想法。

其实认真想来，尘世的彼此，无论前世今生，是否有交集，都不重要，重要的是谁在意过谁？低到尘埃里，开出的花可有人怜惜，或只是目不斜视，离开。

夜凉，像浸过水的布，湿漉漉的裹在身上，有一份秋里的寒就入了骨。抱抱肩，仍悠然走在夜里，携一份独自远游的味道。很想，就这样出行，卸下尘世所有的悲喜，那些责任与担当，都统统去见鬼，做一回自私的自己。

只是，循着既定的轨迹走下去，已成为生命里的习惯，延至深处，有一份脱离不了的宿命。

夜色安静如许，带着寂然的冷，行走在路上，生出的凉意让心恬淡。这样静的夜，在晕黄的灯光下，路边的树在风中投下斑驳陆离的影，天空中的月仿佛晕染，朦胧里圆得并不真切，带着一股静谧的蛊惑，让人有了错觉，这样安静而沉稳的夜，似乎会缓缓睡去，带着尘世喧嚣与浮华后的落寞。

行走着，鞋跟与路面相叩的声响，让夜更静。倾听，似乎可以听见风声，在耳畔掠过一丝浅淡的秋意。这是异乡的秋，那么不经意的凉，带着缕缕淡然而悠远的况味。

不知道季节的变换，是源自夏末的一场雨，还是秋初的一缕风。总之，无论从哪里开始，秋，都已经真切的来临了。

在异乡的路上寻秋，黑色的夜里，除了想念还有似曾相识的月色，有一份离尘的远。

故乡，也是秋了。

秋凉

　　这个季节，异乡，冷雨在窗外惊了清梦，只是一瞬，便成了秋。一些莫名的愁绪就萦徊在心底，贴在眉端，存了雨意的妆容，清冷的潮湿，落在时光深处，幽幽，寂寂。

　　回首，似乎阳光还在记忆里炽热，转眼却陷于一场雨里。泥泞的信息，写在故乡的额上，淡青色的炊烟织就相似的乡愁，还是异乡，还是想念。家，在远方。

　　在一个陌生的城市里，寻求一份想要逃离的熟悉，相似的繁华汹涌而来。高楼林立的背后，故乡写在心底，成了无法痊愈的病痛，像一场久久不能治愈的感冒，有些伤感的意味了。和着雨意的倦容，哪怕微笑，与人，总有些淡淡的远了。

　　人在他乡，这般清醒的距离，是一段梦里也无法躲开的疼痛。女儿在梦里的笑容，像一朵雨后的花，带着清新的凝露，含了水意的芬芳，却于午夜梦回里尝遍更刻骨的想念，细细品味的，还是那些细小的情节，譬如牵手，譬如微笑，譬如轻言软语里的小小渴求。一切恍若眼前，只是恍若。人，却在异乡。

母亲的话语很远，还是那样大声的说着温柔的关爱，心底的疼痛蔓延开来，似浅还深。父亲的声音带着一丝遥远的熟悉，有些佯装的漠然，透着深切的怜惜。终还是写着疼痛。

漫无目的在网上巡游，看一些熟悉的文字，感觉那样遥远而陌生。回到心底的，恍若隔世。只是一个季节，心境便远了那许多。一切的文字都开始铺排在心底，成为遥远的记忆。白纸黑字里的情节，开始显在眼底，却成了昨天。

看那些字，如同落在手心里的蝶，舞过一个季节，又停于别处，此刻，蝶的翼，会在何处展开？飞翔的愿望，总是与向往相关，如果失去了双翅，向往是否也应该折断？

想来，放弃与坚持，其实只是一念之间。放弃未必不幸，坚持未必幸福。人生的无可预知，让选择有一份诡异的注定。不知是季节让人改变，还是生活让人变迁，得到与失去，已经无法衡量，也不想再去细细探究生活的真相。

活着就好，这样低低的告诉自己。哪怕生命落入尘埃里，也要借着雨意，滋润心底的干涸，或许，于时光更深处，会泛出些淡淡的清香，也或许，只是如此，生命仍然浸润着潮湿，有了青苔附于表面，再也看不见初衷的色泽。

然，生命，仍在继续，人生，仍然前行，一切的困扰也在延续。

一些尘，落在心上，便成了茧，再去触摸，却只是握在手里的痛。已过了当初的鲜活，仍然会有一些血色落在眼底，秋，还是凉了。

坐在落地窗前，于黑暗中借着窗外的路灯，透过茶色的玻璃，灯光晕黄，于灯光里有忙碌与穿梭，彰显着生命的充实。而我，只不过百无聊赖的看客而已。写一些不知所谓的文字，说一些不需要聆听的话语。只是这般，随时光走向更深，并不想让自己陷入。

生命里动静的交织，无论如何沉陷，如何静止，终只是表面的安宁。深处的暗流，涌动着自己无法想象的艰辛。一旦来临，也许会逃离，彼此，只是坐等一场早已写好的结局。

一些话，散落在秋风里，寻不着存在过的痕迹，无论承诺是永远还是刹那，在这一刻都惊人的相似。原来，一些人，一些事，与生命一般，最终都会殊途同归。

阳光开始自窗外投过来，落在桌上，有淡淡的暖意流淌在屋子里。环视陌生，只感觉到一份清澈的凉意。

他们在用我所不懂的语言谈笑，此起彼落的笑声，让孤独这样突兀，荒凉的感觉漫过来，遥远，就那么清晰的刻在心上了，突然，黯然神伤。

离开的目的是什么，而重逢的结局又是什么？离开是为了另一个重逢，还是重逢是为了再一次离开？生命里那些纠葛着宿命的聚散，在异乡突然安静，似乎想倾听生命里最真的偈语。最终，答案还是偏离了所有想象。

原来，真实的生活永远无法用想象去量度。任何人都不要用自己的想象去教别人怎么生活，事实会告诉我们该如何。哪怕错了，那份疼痛也是应该承受的生命的赠与。而且，不到最后，谁可以说对错，生命里的选择又何谈对错。只有愿意与否，相信与否罢了。

一些人被遗忘，一些人被想起。我们总在遗忘与想念之间轮回，我们遗忘某人的同时，或许正被某人深深想念；而我们想念某人的时候，或许正被某人悄悄遗忘。

只是，勿需在意，生命里的来去，是选择，也是注定。

只要生命里还有那些舍弃不了的牵挂，还有那些放不下的温暖，就没有什么理由放弃。夜更深了，我们也会走向生命的更深处，因为爱，因为期许，我们负重前行……

十月心简

　　南方的十月，终还是浸了些浅浅的秋意，于枝头零落的三两片叶子，舞过熙攘的人流。季节，如人一样在匆匆前行。

　　秋，是一个让人想念的季节，充满着怀旧的味道，格调总有些低缓，适合抒情或者想起。秋的色泽应该是淡淡的微黄，有些黯淡。

　　这是一个很小的城镇，于城市的某处，有从大都市里模仿来的繁华。远处的山峦，让热闹有淡淡的生涩，却在一群十来岁孩子新潮而时尚的穿戴里隐去。

　　依山而建的民居，大多用了深灰的色泽，有些怀旧。行至楼边，偶一抬头，半只古旧的宫灯自檐前挑出，有冷冷的疏离。却又有一份逼过来的富贵，让人有些许压抑。

　　路边一律有绿的树或者不知名的小花，在秋日的阳光下安静着，让城市很容易被人忽略，尽管他有自己的金碧辉煌，亦有自己的冷漠淡然。却让人难以深入，只能远远地看了。雕花的防盗门上，偶尔有刻了俗而喜气的喜鹊闹春，那时，就有些落入尘世的感觉。花红柳绿的缤纷，像一片浮在秋日里细微的欣喜，淡然，悠远。却真实而妥帖。

偶尔走过身边的女子，多半是荷锄而归的妇人，戴着尖顶的斗笠，在帽沿后端围了一圈花色各异的布。直直地垂在肩头，于颌下系了结，露出半张被日晒过，微黑但显得健康的脸来。莫名就有了细小柔弱的感觉，有一份我见犹怜的气质，让人不由自主生出一种爱怜来。

路边有人于田垄上坐下，田地里的牛，在悠闲的吃着草。看两人热火朝天的架势，似乎早聊些时候了。阳光有些弱了下去，彼此聊兴犹浓。若有一桌，两椅，一壶清茶，想必，于他二人来说，是一个闲适而悠然的午后。只是能于这绿水青山之间，闲坐一隅，不拘形迹的攀谈，更有一份融于自然的美好。

远远地见有年青的女子骑了摩托车，从身边呼啸而过。时尚的背影，倒是与先前妇人尖尖的斗笠相映成趣。有些微妙的调侃，却于现实里那般融洽。

是傍晚了，路边有三三两两的路人，或老妇，或年青女子拎着孩子的书包，牵着孩子的手，正向家的方向行走。女子偏过头去倾听的身影，充满着温馨和悠然。侧面流淌着的笑容，让孩子雀跃着向前跑去。回过头，扔给女子一个灿烂而纯真的笑脸，女子微微地宠溺地笑容，幸福而满足。

生命，在那一刻显得那么真实而简单。幸福，触手可及，一个微笑，一个回首。

阳光渐渐淡下去，投在路边的橙色花朵上，有一份软软的明黄夺目。于一个傍晚的黛青天色里，如跳出般醒目。渐渐地，青灰的天色，将花的鲜艳模糊了，只剩下那份柔软的橙黄，似乎会生出无数细软的绒毛来，不由，让人心生柔软。

有风拂过路边的杂草和树叶，发出沙沙的轻响，在逐渐安静下来的时光里，更显寂寥。阳光已经消失，只剩天空投下的青灰，逐渐深浓里，水泥路面突兀的白色，显得有些扎眼了。

仍然有零星的人路过身畔，但已失去了先前那份闲适，都开始做匆匆的行状，或许，夜色苍临，便是家的呼唤。无论多远，终会在向家的途中疾行。那一盏守候的灯光，无论是否点亮，对于归人，却是一样的温暖。

在心上，有些光，永远点亮，哪怕相隔千里；有些话，永远存放，尽管已物是人非；有些人，永远难忘，哪怕刻意去忽略或者淡忘。

只是人生里的行走，总是难免取舍，得失之间，已经说不清其间的比例。因为我们总不断在选择中失去，又只能继续在失去中选择。其实，无论多少纠葛，都会在一场无法圆满的重逢里化为灰烬。彼此陌路，回首，只有淡的云，淡的天。

可是，那些缠绕在生命里细碎的温暖，永不会磨灭。这般，不如安静下来，看一片在眼底展开的风景，有着真实的欢喜，清晰的明丽。

远山，有大块的山石裸露着，冷冽而坚硬。于夜色里沉默而固执的静守，很多年过去了，仍然以相似的姿态去面对南来北往的行人。

或许，它在暗示什么，或许，它只是站立远观，冷眼看这尘世的浮华会有多少理不清的悲欢。

而我们，无论有多少纷扰，也不过它眼底的景……

痕迹

巷子很老，古旧斑驳的墙面，记录着沧桑的过往。靠近墙角的苔痕，也无一不阐述着遗忘。其实，靠前一些，就是热闹繁华的街市，而这里，却是古旧而安静的一隅。

有上了年岁的老者，坐在竹制的躺椅上沐浴阳光，恍惚很多年前乡村的老人，被人移居于此。他们日渐浑浊的眸子里，那一些过往，都如这斑驳陆离的墙面，被风雨一一侵蚀。对于我的路过，眸光中的淡然或者说漠视，有一份历经世事的洞明。

风从巷子路过了，晾在阳台上的五彩斑斓，便都活了起来，就像春天又一次无意路过，安静的巷子充满色彩。阳台上的花绿衣衫，活脱脱带出个热闹的尘世。那些挤挨着不语的静物，此际被风撩起刹那鲜活，一如整个春天都隐忍不语的故事，忽然被某个不经意的情节牵出，欲言，又止。

走在巷子里，檐角下爬了青苔，颜色极淡，似乎年月消长与它并无多少关系，亘古存在一般淡然。或许，只是阳光遗忘的瞬间，给了青苔生长的机会，待照过来时，又开始另一种生命的轮回。如此反复，就落了些痕迹。

一如人生，遇见和错过，挫折与努力，所有细微或者浩大的历程，都会在时光背后缓缓落定，在各自身上烙下独属于自己的印迹，那些被时光带走的曾经，在光阴浸染里，最终也仅仅只能于记忆里寻着蛛丝马迹。

一株开败了的茶花站在那里，安静承受着阳光的照耀，不张扬，不刻意，仿佛她就应该在那里，而不是别处。时间已是初春，恰遇着倒春寒，空气中有浓重的寒意，毛衣外裹着大衣，风挟着海风吹过来，冷冽异常。

那茶花显然是前几日天暖，开得正盛时突遇了春寒，树下的泥土落满了残去的花朵，水泥砌就的花台上，也零乱地散落着好些，细微处仍然可见盛时的娇艳，只是此时，萎缩发黑的边缘，一律默数着时光的印迹。

一阵风过，躲在绿叶中的花骨朵被摇下几个。叭叭叭，砸在湿润的泥上，声音喑哑，似乎有着眷恋与不舍。突然就有了疼痛，那些娇嫩的花，还未来得及开放，生命之门就被风仓促关上。那些花是疼痛的吧？被风摇下的瞬间，是无奈多过疼痛，还是牵挂多过依恋？我亦无法可知。

尘世中的彼此，行走于生命的途中，都会有不曾预料的意外，受伤让生命中某些感觉不再，一如那花，那样无措而惊惧，无论有过怎样光彩夺目的曾经，无论怎样眷恋与不舍，终，也只能随风零落。

想来，尘世中的种种，最终也只能换得一声叹息。偶然忆起风华正茂时的年少轻狂，恐也只徒添了许多怅惘。

巷子里靠着屋檐，有人放了一张四方桌子，桌子上摆了花生瓜子之类，四五人坐着，谈笑甚欢。

在初春的阳光下，那样的场景，有些富足而闲适。当然，他们是无暇去理会一朵花疼痛与否，更不会理解一个人对于花的爱怜，亦不会因为一朵花联想到生命里的聚散。

只有我这样的闲人，无所事事中去观看，却带了生命里的隐痛，无法言喻。就会想起从前，那些时光像水一样淌过了，将尘世中棱角分明的自己，磨砺成圆融而世故的一枚石子。似乎，放置任何地方，都能安然生长，风刀也好，霜剑也罢，都能顺势而去。只是，深藏于内里的那份细腻，仍然会觉得疼痛。

一只猫蜷在台阶边的阳光里，瘦骨嶙峋的感觉，黄白混杂的毛，杂乱无章的覆在身上。我路过时，它似乎抬头看了，又安然将头搁在细瘦的爪子上打盹。它和老者，有离奇的相似。一律在有些淡的阳光里慵懒而随意，好像能够看见时光在他们身上流淌过的影子，那些岁月之尘都凝聚在此，悠然。恬适。

时光都仿佛淡去，带着记忆里的光影，尘埃轻轻飞扬又瞬息落定，迅捷从曾经走入现在，所有过往于纷至沓来里凝成此时这幅图景。

只是，这些景致是否真实存在，或者仅仅只是脑海里的某种臆想，抑或是记忆里的一些片断也未可知。

人至中年，似乎常会如此，在脑海里会突然出现一些画面，像是多年前的曾经，也像是许多年后的预演。有些突兀，也有些恍惚。

或许，很多东西，仅仅只是一些生命里的轻痕，不能清晰记取，亦无法完全忘却。或许会在多年后的某个时段突然呈现，其实，那只是过往。稍纵即逝里，让人感觉到生命的迅捷与无奈。

或许，那样的一条巷子，老者，或者猫，都只是虚拟，都只是时光在脑海里流过的痕迹。

而我，仍然坐在这六月的酷热里，期待能有一场酣畅淋漓的雨，冲刷掉那恍然如梦般的印痕。

一瞬芳华

　　暮色轻临，夕阳余晖尽敛。城市的喧嚣如潮涌，似乎只是一瞬，就掩过了刹那的安宁。夜，用安静开始做热闹的前奏。喜欢于这样的时光，倚着阳台的栏杆，看尘世的奔走，那些匆匆的来去，总会有一种发自内心的倦怠。感觉生命如此层叠的重复，却又有着无可逃离的宿命。

　　对面的灯，亮起。有一份闪烁的温暖。在这个深秋里，那些象征着家的亮光，总会触及心深处的落寞。这是异乡。一个写就漂泊的地方。无论有多少浮华，都会在一章写满思念的小笺里落入沉寂。

　　浮生若梦，漂于繁华里的影子，象一抹流云。偶尔会投影于某人心上，其实只是阳光照过来，那份错觉。让你误会了一场爱情的美丽。游移不定的心，象秋深悬于高处的那片云，透着漂洗的白，可以看见隐约的蓝天，却又不容置疑浮在尘世之上。不是不肯落定，只是无法落定。

　　生活着，总是在一个繁华转向另一个繁华，每一次的游走，都似乎带了宿命的味道。有些决然，有些从容，亦有些许认命。时光，亦如水淌过，生命的流逝，不过是一圈又一圈增加的年轮。

　　山，在远处，微微露了身形，掩去峥嵘，只是略显了黛色，有故乡的颜色在眼底拓开一份想念，那些关于远方，关于故乡，关于爱的回望，都会落在一枚圆月的记忆里。想象故乡是一曲悠然的词，都会在温暖的馨香里睡去或者醒来。而我生命里，血脉相连的那些人，都在那首词里过着冬暖夏凉的美好生活。

青春的诗行落在弯月里的随想，那时，推窗，望月，亦有某个邻家男孩斜倚的身姿跳进眼眸，只是淡淡一笑，无语。关窗。将一窗月色关于窗外，包括那些写满诗意的青春。都落在窗外，只剩了多年后回望的轻痕，暖了这一季的凉意。还是会于深处记得那份美丽，有些傻，有些淡淡的伤感。

一味的抗拒，不是因为喜欢或者不喜欢，只是因为素喜安静、平和。喜欢一个人独处时的宁谧，可以为所欲为。于熟悉里，终还是敛藏了一份不羁，只留了淡淡的写意的背影，无人可以注意，无人可以诉说。揣想，也停留在某一个层面。止步。如此甚好。

长大后，多年的游离，在不同的城市奔走。似乎不仅仅因为生活，而是很多必然铸就。此时，所处的这个城市，如此寂寥，安静得如一场冬雪来临前的夜，似乎所有的喧嚣都隐退于安然里，静静地等候一场绽放的来临。

他们说，有一场盛大的焰火，将会来临。我开始想象，在这个城市的夜空，开出那许多璀璨的花，那一幕惊心动魄的美丽，将会有多少人为之疯狂。相信我们所能留下的，只是动或者静止的画面，那份带着生气充盈着生命力的薄发，是永远也无法复制的。

没有犹豫，便与他人同行，一起前往那个焰火的舞台。

一路行人如流，都朝着我们所去的方向。到了江边，那些往日里平淡无奇的围栏与大桥，都在五彩霓虹的映衬下，显出幽幽的美。夜色如墨，那些红绿橙黄的点缀，有一份缤纷的俗气的暖。于深秋里，将初冬的寒意悄然隐藏了些。

去得有些迟了，早已有人围了栏，倒是没有想象中的盛况。身边游动的人流，都是盛装出发，来去都是穿短裙和长靴的女子，点缀在夜色里，微微的笑，轻轻的语。无端就多了一份温婉与贤淑的美。我则于远处站了，静等。

焰火在长久的等候里忽然升起，突然而至的亮光，将所有的眼光和呼喊都凝聚了。在一波又一波的惊叹与叫喊里，花开花谢，短短一瞬。

那渐渐向下滑行的轨迹，渐渐黯淡下去的光芒，那些红的、绿的、紫的、金色的火花，一律都在最后隐入夜色里。一场拼却生命绚烂的绽放，一次华美短暂的旅行，到最后却只能落入沉沉的空寂。

苍凉。悲壮。

想象与一场尘世的爱情重逢，或许也如这焰火一般。

可是，如焰火一般燃烧，如焰火一般孤独，亦如焰火一般短暂而美丽的爱情，会是谁手心里不变的温暖，又是谁想握却握不住的温存？

与你相逢，便拼尽所有，绽放生命里最动人的美，只为让你记住，你眸中有我流过的泪，有我幻化成极致美丽的身影。驻留，片刻亦是永久。

生命里所有的来，都只为这一刻的往，而所有的往，到最后却只是独自的芳华。最后的最后，只能是一个寂寥的开始和结局。孤独的演绎，让生命难掩疼痛，那份拼却生命的绽放，哪怕在多年后回望，仍然是一场不变的美好。

尘世里，尘烟四起，那份焰火的美丽，若能存于心间，彼此的心底烙下那一瞬芳华，惊鸿一瞥，或许可以胜却人间无数。

相望，咫尺天涯，相守，天涯咫尺。只是我们常常在俗世里纠结着，无法了然爱情的真相，终还是无法抵达咫尺，只能相望天涯。

那么，只能于一瞬里，绽放。陨落。转身离开，身后的烟花，仍然在夜空盛放。

一瞬芳华，虽然用寂寞做了尾声，但那义无反顾的盛放，那拼尽全力的美好，又何尝不是生命最美好的行程？

心素若简

  四月，仿若女子的嫣然一笑，那般温润。含着春末的水意，疏离了春初的寒，这样妩媚地行走在枝头。鸟儿清脆地鸣唱，随意的清唱，一如江南的小曲，任意填了，总是那般雅致而富有韵味。回眸里，就多了一份与季节相契的明丽。
  走在四月的阳光下，袭一身轻暖，人，就开始柔软起来，无端添了些倦意。想于这阳光里睡去，或许会有一场不能于尘世里的相守，在梦的深处得偿所愿。暗笑，如常行走。
  四月的天空，这样安静，仿若不能惊起一丝轻尘。城市的天空，青灰的色泽里蕴了一份宁静，有些许压抑，仿若风雨欲来。却还是将感觉放逐，独享了这份静幽。
  路边走过的人，还是一般无二的行色匆匆，我亦夹杂在其间。尘埃满面的，还是旧时的梦想。心底的初衷在四月阳光最强烈的时刻翻晒，积了些旧尘的味道。方知，事过境迁，物是人非。所有的当初，都存在记忆的老地方，而世事难料里，人成各。

彼此错身而过的瞬间，会不会有片刻犹疑，抑或不舍？总是在黄昏的天际，偶尔会让问句盘旋于脑海。不再去深究，就像看此时的天空，无论是湛蓝还是青灰，目光里的神情不会再有所不同。那些惊叹的表情，早在多年前沉睡，已经习惯了宁静，或者说是漠然。

人，似乎总会如此，习惯固守的生活方式。一旦被打破，总会千方百计去修复，实在是力所不逮的时候，就开始编造表面的和风细雨，滋润心底那一份即将干涸的习惯。其实，时光的更替，总还是会让许多的东西在改变。只是潜移默化里，一点点堆积的细微，积成今天的迥然不同。

蓦然回首里，自己先惊了自己。只是，不愿承认罢了，仍然微笑着说好！悚然心惊，只有在午夜梦回里与自己一起清醒，继而睡去。

想起那个走在人间四月天里的女子，已然沉睡了多年。可至今，所有人仍会记得她美丽的容颜，柔软的缠绵，以及与她相关的爱情或者传奇。或许，没有美丽，有她如许的聪慧，她然会成为传奇，而美丽，只不过为她的传奇抹上更绚丽的色彩。一如这个四月，没有阳光，仍然会有暖意萦绕。

看着的人，纵然有无数遗憾，仍然会有会心一笑。自然是懂得的，那样的女子，有多少美丽，就有多少机智。对于生活里的选择，于多年后还是会被他人翻阅。而那个一如四月的女子。或许在红尘的那端，捧一盏清茶，唇畔留一抹浅笑，于心底暗笑你我的多事。

可，还是会忍不住想起。那样的女子，让人在怀念里心生羡慕。如我，也只能在这个四月里感怀罢了。

这个四月，我依然在写着文字，桌上无墨痕，枕上亦无诗书。只是临屏描了心事，花红也好，柳绿也罢。自得其乐，仅此而已。若能娱人娱已，当是收获。亦会在四月里微笑，笑里也沾染了清澈的暖，淡淡的，透明的。而看着文字的你，亦能感知。

这个四月，我仍然站在同一个地方，以相同的姿势眺望，看那方被思念浸染的远方。知道同一个季节，却全然不同的冷暖。知道远方，只是初春，还有寒气袭人。告诉我，前两天还冷得厉害，这两天方好了些。路途有多遥远，心底的思念就有多长，关爱有多深，心底的向往就有多重。

这个四月，仍然微笑，对着远方，对着我眷恋的远方，相信我爱的人能够感知。一直以为，落入红尘的彼此，相依的就是这千丝万缕的牵绊。为之活着，为之快乐，为之疼痛的理由，便是这一切的牵绊。

这个四月，仍然会想起一些旧事，偶尔在文字里，描一些记忆里的隐约的浅痕，无论铭心还是淡然，已然成尘。那一切记忆里的印迹，没有风过，就已经杳无痕迹。记忆终只是记忆，一切到最后，都只能完整地交给时间。只有时间，才是最安静，最漠然的见证人。见证此时的想念，见证这一份距离的遥远。于不动声色里，将这人世烟云——包容。

一切的过往，回首，于心底轻叹，让思绪形诸于墨痕。回首，奢望。追逐。失望。放弃。我们似乎一直一直在这一个圈子里来去，无论走得多远，还是不能逃离。

思念。回归。偶尔逃离。彻底回归。我们总在这样的轮回里生活，一如季节，一如时光。

只是冬去春回，季节有更替，而生命却不再。那一切的过往，都如浮光掠影，浮想联翩里，已千山走过。

无论有多少疼痛，都已走过。偶尔的意冷心灰，亦学会在文字里取暖。想起海子的诗，从明天起，做个幸福的人，我只愿面朝大海，春暖花开。瞬间，会心一笑，释然。

四月，逐渐在明媚里有了亮色。生命里的苦难，终会过去，无论还会有些什么，我自会在清风掀帘时，怡然微笑，对生活里一切的来去，安之若素，心素若简。

浮光掠影

因着一份长长的渴盼,让自己在仓促间走过了一些风景。风景与我亦是有缘了,略略记录一些,权当是一次意外的旅游。但只是路过,并未曾领会其中深意,只能是浮光掠影了。

——题记

汝城的月

离开了城市的繁华,渐渐靠近远山近水,那些绿的树,绿的草,感觉与家就贴近了。或许家在自己的印象里,就是那些在雨中青翠欲滴的绿意,那满目的苍翠。仿佛雨意萦绕的红砖灰瓦后,就有着熟悉的温暖。倘若走近,家便会迎面而来。

那些在绿树后掩映的红砖墙,没有一丝雕琢,倒多了几丝古意。如果从中走出个古韵悠悠的女子,我亦不会惊讶。若能有筝音如水,更切合了那抹清雅。很想走近,但终是不能由了自己,只能轻笑着看一切渐渐消逝于视野。

　　雨滴顺着车窗，毫无规则的切割着窗外的风景。从广东到湖南，对于"路痴"的我来说，没有任何的概念。起初，偶尔还会穿行于热闹之中。从一个陌生到另一个陌生，在不知觉间，渐渐走上崎岖的盘山公路。那中间没有过渡，却又自然而然的融洽了，在自然的领域里，永远没有"突兀"这个词。

　　似乎一直在向山顶走去，雨，不知什么时候停了。前座的两人正在用我丝毫不懂的家乡话交流什么。感觉有些什么让眼睛有些许不适，也许是后面的车灯。在这与深夜逐渐贴近，与冷清相伴的夜里，还会有谁与我们同行？

　　扭回头去，却见那空旷的天幕上，一枚圆月，泛着如洗的光华，将远山的轮廓，近处的景物，都一一的笼住了。深蓝几近黑色的天幕上，居然没有一颗星星，独留了那枚圆月，清幽幽的光，便有些惆怅了。距月不远的天空，有云一团一团，被月光照得半明半暗，整齐的排列，安静的漂浮着，与那月保持着不近不远的距离，相伴，便由景而生了。

　　那月在静寂的夜空里，竟然生出些凛然不可侵犯的感觉，有着不容忽视的高贵。那高贵让人忍不住在仰视时，蒙生了肃穆之情，有些教徒似的虔诚了。而那月，却不管你思绪游离在何方，仍然一如既往的悬于那方天空，照着我们孤独的月夜之旅。

　　问朋友，这是到哪了，朋友说——汝城。原以为是"雨城"，笑着说"雨城"无雨。朋友纠正，是汝，古诗词里的"你"，三点水那个。方知晓那月是汝城的月了。

桂东的竹

　　桂东，如果不是因为突然的前往，或许一生也未必会与之有约。因那份心愿的了结，虽然只是匆匆的路过了。可那竹，在路过多日后，仍然鲜活的摇曳于梦中。

那日买的八点十分的票，坐了七点十分的车，然而，真正离开桂东县城，已是九点十分了。整个桂东的节拍就是漫不经心的等待，时光在我的感觉里无限的延长了，好在有朋友相伴。上车与朋友告别，很短的时间，甚至来不及伤感。

回头，朋友的身影，已经消失在前一刻有些熟悉的建筑物后了。没有时间去想象她踽踽独行的身影，繁华，似乎在一瞬间就退去了，那些属于我和她的时光，因为一份偶然而起，或许会很快的消失在彼此的记忆里，如同她的身影在此刻，消逝在我眼里。

想起，便忍不住有些许怅然。蓦地，车窗外有大片大片的绿涌过来。心，在那一刻没来由的象窗外的阳光，一下就灿烂起来，"怅然"便于那绿里消失殆尽。那绿里带着一份鲜亮，似乎有些接近了黄，与树的绿相比，鲜嫩了许多。仔细看去，原来是竹。

一路上，远远的山坡间，时时会有一丛丛的竹在树间随风而动，有时甚至会是整座竹山。竹的颜色与树对比鲜明，树的颜色在阳光下，隔着车窗氤氲着的绿有些暗，接近墨绿，更靠近酷暑一些。而竹却是早春的颜色，清新得似乎刚展开的绿意，略显单薄，却又多了一份灵动的韵味。

就连路边也是整排整排的竹，一路迎过来都是浅浅的凉意。路过的房屋，更是被翠竹环绕，无端的多了一份雅致。仿若画里走出来的一般，那些画中人，对于我们的经过，头也不抬，那份怡然自得，又让我想起了—世外桃源这个词了。

车一路前行，竹，一片接一片的向我迎来，旋及退去。目所能及的那片早春绿意，渐渐的远离了。

炎陵的水

路途的遥远，让我有些困倦。疲惫的在绿意里恹恹的睡去。但颠簸太过，也只是十来分钟又被迫睁开眼。有人在电话里告诉对方"我现在到炎陵了！"。

远远的见绿树间一道夺目的白，从山顶悬下。待到车行近了看去，原来是山顶流下的溪水。因为山势陡峭，成就了水的激扬，远望呈白色。只是一线，却飞花溅玉，说不上壮观，却有一份飘逸灵秀。虽然只是路过，却清楚地看见，路边水底的石头，在那一片澄澈里，似乎和着那清波的荡漾，也悠然而动了。

原以为那是唯一的惊喜，却不料沿途居然有好几处这样的景致。着实让耽误行程的自己有些意外的欣喜。那份清纯而自然的飞跃，让我在这燠热的夏日里，感受到一份别样的清凉。那份凉意似乎在不觉间浸入心底，润润的、软软的。

虽只是一眼，却不由得就喜欢了。远了，仍然忍不住回头，那一缕银白在阳光下，熠熠生辉。有了些珠光宝气，但一丝俗气也无。

便觉得人生如一如那水，奔放而不顾一切的向前，似极青春时的满腔热血，悬崖峭壁如同人生的磕磕绊绊，一往无前的奔流而下，虽只是小小的一线，却也成就了自己的美丽。人生亦如此，只有经历过，争取过，哪怕只是一线的美丽，只要是属于自己的，就能无悔。

想来，人的一生，无论什么样的选择，活出自我，能有一人相知便足矣。一如那炎陵的水，因为山势的险峻，水的勇往直前，成就了那份美丽。能够有一人两人赏其美，将其铭记在心，就不枉它向往的热切了。

如此这般，就感觉到自己的俗，为了生存不停的东奔西跑，却不知人生贵在自然。一切顺其自然，如那水一般，顺势而下，冲破一切的阻碍，便有了自己的灿烂。这样的思绪也暗合了此次的前行，想着那未曾谋面的相知，想那确定相见时，自己心里种种揣测，心里的感叹居然也如那清波中的石头，恍然间有些飘忽了。

阳光投射过来，飞溅的水花上，居然让我看到一弯小小的虹，绚丽而精致。讶异着远离了那偶然的美丽。

良久，仍然回望，那水已被山道的蜿蜒崎岖挡在身后，可想起那水热烈的奔跑，恍若仍在眼前。

时光的流逝

　　四月的光阴,像一场模糊的梦境,五月的河流,泊了彼岸的烟火,六月的雨,涤去心上轻尘……

　　时光的流逝,静寂无声,妖娆妩媚的是堆烟的柳、葱郁的叶、姹紫嫣红的花。时光的背影,隐约可见的是消逝,无暇顾及的春色,只是一转眼就临了夏意,于绿树浓荫里浅拾半分惬意,已被扑面而来的烈日攫取。

　　仍然开在枝头的艳红,爬在隔栏上的紫色喇叭花,似乎一直在诉说一个相同的故事,地点未改、剧情未变,而时光似乎也是那时那日。

　　一切,只不过是一种错觉。蓦然里惊醒,才恍然大悟在时光里酝酿着一场莫大的谎言,想要欺瞒众生。相似的温度里,模拟着相似的场景,像一场翻拍过无数次的电影,乏味之极时会让人误以为一直没有完结,其实是不断地重复。

　　走在五月末的雨里,听见时光的风声掠过生命的草场,缓慢而拖冗地牵引一些喘息不匀的病痛。在很深的夜里不断咳嗽,吐出来的声响,

113

在静谧里有些许恐怖，像要抓住一些夜的碎片，证明自己的存在。自喉咙发出嘶拉的声音，让窒息的感觉如影随形。仿若下一秒就会消失，等再喘过气来，生命的迹象开始游离。

朋友由询问变为逐渐的习惯，以至于见怪不怪。而自己，像一场持久战里彼此无动于衷的对峙，病痛与我，在清冷的夜里清醒对视，各自都无法安好，一任时光流逝里，慢慢演变成一场拉锯战。你来我往里，逐渐消失了最初的耐性。

站在房间的栏杆前，望那片郁郁葱葱的荒原，荒原后连绵起伏的山峦，有一份淡淡的向往在心底游移。蓦然就会想起故乡，在故乡的山野间并不能算快乐的时光，在这一刻回望，居然有一份温暖与怀念。

有些东西，隔着时光的远，就会彰显了一份陈旧而绵软的情愫。带着旧意的时光，在心里纵横，仿若某人曾经抵达的阡陌，走过的时候，有些细节未曾记取，多年后回望，唯余怅然若失。而那份微醺的感觉，仍然会在心里萦绕，久久不能散去，像三月的雨意，缠绵。悱恻。

无论怎样遗忘，都会有一些当时未曾在意的细枝末节，在瞬间闪过，于回放里，更显了一份别样的生动。而心却对那份似有还无的真实，无法确信却已无可求证。带着那样一份遗憾，错综复杂的过往，突然就清晰如昨，也只是刹那，继而消隐。一切仿佛幻觉。

人，常会如此，带着心底那些深浅的伤痕行走，似乎看透了风月，却又无法拒绝纷扰的尘世欲念。有很多的一瞬重重叠叠在一起，过往的历程亦纷纭而至，真正能俯视的却只有短短的一段。虚妄而短暂，真正让人触目惊心。

华丽的转身背后，或许只是一场尘土飞扬的曾经，不带一丝眷恋的作别，没有想象里的纠缠与疼痛，只是别离的隐痛淡淡划过暮色四合的天际。如果可以重新来过，或许选择仍然会是这一刻的安宁与淡然。尘世的风云变幻，风雨成城，终究会淹没一场无法渴求的相遇。

时光，如此安静，柔韧如丝里，折断多少豪气干云的梦想，又陷落了多少未曾抵达的远方？而彼此要经历多少次尘世的辗转，才可以换得回眸时那会心一笑？只是，生命的最后，暗藏于心底的，只能守口如瓶。

坐在五月的暴雨旁，聆听一场畅快的人生之旅，没有太多的前奏，繁文缛节都可以免去，只剩下纯粹的倾诉，那样彻底而清澈。带不走留不下的，都会在如此酣畅淋漓的细雨中灰飞烟灭。无论还有什么，都不再想起或者怀念，属于过去的，都在心底驻留永远。

流淌光阴里，一些淡写的轻痕，逐渐让人遗忘，太多的曾经都在时光里走远。所有的将来变成现在，现在成为过去，行走的旅程，时光的流逝，一点一滴都慢慢渗透在生命里。

生命成为一场无法复制的行走，无论遥远还是短暂，都成为各自无法模拟的一生。

你或者我，都只能走在各自的路上，感受时光流逝里那份隐约的疼痛。生命，开始如拔节的幼苗，蜕变的痛和经历的风景，都留存在记忆里。

淡写的流年里，还有什么需要记取，流逝的光阴却一如既往的前行。散落在身后的，终究只是一地零乱的曾经，还有那些无法捡拾的过往。漂浮在记忆里那些似曾相识的面孔，熟悉与陌生都不再重要，重要的是，他们都曾经随我于时光的流逝里相伴走过。

行走在前行的途中，各自生命里的重叠，在时光的流逝里，逐渐清晰或者模糊，带着一份宿命的味道。

浮世清欢

　　季节兀自行走，阳光兀自热烈，在窗外大把大把繁茂生长，衍生了许多暖意。流光里暗涌的悲喜，似乎也会在刹那老去，不再有尘嚣四起的飞扬跋扈之感。

　　晨起的轻寒，久久萦绕在身畔，感觉到凉意的渗入，那份薄凉，有些似人性。淡，然而真切。

　　清晨的雾，似家乡未燃尽的烟火，四处弥漫，毫无章法地左冲右突，却找不到出口。可，终会在阳光莅临前消散，那样彻底而干净，仿若，从来不曾有过。那一片仿佛的朦胧，在心底悠游许久，会蓦然想起故乡的雾，带着浓浓的水意，像一团团未拧干的棉絮，若团拢，似乎就会拧出大滴大滴的水来。散开来时，却怎么也觉不出那份潮湿。在雾中走得久了，外衣就会变得潮湿。

　　不喜欢那样的天气，感觉整个世界都是润泽而柔软的，让人无端生了恼意。

　　工作的窗外，有大片的芦苇，对于城市的喧嚣，像一场隔世的尘烟，落魄而又张扬，在风里起伏不定。这个季节，绿意已经慢慢消退，在缓缓渗入的微黄里，预示着又一个季节的老去。

大片的空地上，有少许裸露的黄土，偶有绿色植物点缀其间，总感觉像贫瘠的荒滩，而那所谓荒滩不远处，有最现代的楼宇与设施。刺耳的鸣叫声，与机器的轰鸣声不绝于耳，被浮华包围的荒滩，就有了一份特立独行，舍我其谁的霸气。

太多的空旷，就会有孤独的衍生，生长在那片土地上的绿意，也在尘烟迷漫的都市里，显出一份荒凉。每每在宿舍走廊，凭栏远眺，那些远山近水，都带了些故人的气息，席卷过来。尘封在记忆深处的那些静好，就如一团洇开的水墨，枝枝蔓蔓都渗入了香息，点缀着时光深处的留白。

空旷的景致后，连绵起伏的远山，呈黛青的色泽。无法躲避暮烟的笼罩，渐渐淡去在都市的霓虹里，闪烁的灯光里，只有隐约的轮廓，带着丝丝与城市不协的倔强。城市的气息，似乎就在远山里淡去。

季节已是冬了，阳光却总是很好，风也很急，呼啸着从窗外掠过，去追赶季节的真实。

满眼的芦苇就会在风里起伏，白色的苇花飘散，落在繁华的罅隙里，仿佛声声低密而细长的叹息，散在岁月深处。无意识的让人伤感。

偶尔，会寻一些借口，在阳光下停留少许，感觉到那份刺目与温暖。已是冬了，再烈也穿不过季节。着了外套，并不算厚实，却足以抵御异乡的冬。

很多的感触开始消失，譬如寒冷，很多的感觉开始漠然，譬如感动。

在一个浮华飞扬的城市漂得久了，总会多少沾染些气息。敲不出离尘的美，只能在俗世的清欢里，淡淡抒写。

日子就像平铺直叙的散文，没有多少可圈可点的细节。只有窗外此起彼伏的芦苇，似乎在迎合着季节的清凉。随意散淡得像我所熟悉的文字，那样不经意。

　　散落在尘世的时光碎屑，像一场隔世的暖，总会某个街角想起仿佛的笑颜，或者只是一瞬，或者只是恍惚。然而，会有淡淡清欢浮游在空气中，内心，柔软无比。

　　偶然于尘世里小聚，翻看十多年前景致，那些往事，都隔着时光的远，一如泛黄的书页般，被我们那般轻易翻过的，如今于回望里，居然是青春最美好的时光。

　　那时青春年少，正值风华正茂的年纪，各人有各人的悲喜，只是人生的路上，最后各自有一些小小改变，便成就了多年后的彼此，有如茶的淡，有如酒的醇。

　　看着被岁月更改的容颜，真正感慨岁月如刀，刀刀催人老。

　　那正值青春的少年，在一场偶然的重逢里，已是今非昔比。并不多言，却有了份量，那份年少时失重的感觉就覆过来。

　　尘世岁月如水，静静淌过，那些汹涌而来，迅疾逃离的，都是生命里不可或缺的美好。只是时至此途，生命已然望见清空，那些浮在俗世之上的欲望与追逐，都已无法言明。

　　红尘喧嚣依旧，偶尔于文字里小憩，那些无法实现的向往，徒添伤感。不如，采撷心香几缕，于这纷扰俗尘，添丝丝清韵。

　　也许时光旧了，翻阅旧事，仍旧会有浮世清欢淡淡弥漫。香息，历久弥新。

未干的水墨

　　季节在窗外一如既往的更替，流年却已暗换。逝去的时光，沉入记忆里，只能悬于旧时的窗前。想起时，那些沉浊的声响，就自时光的深处，泛了些锈迹斑斑的味道。独挡住此刻的阳光，并不刺目。黯黯地，静静地。

　　窗外有风，风上有云，云上有一片难得的湛蓝。一场随意的聚合，变成视野里的清澈。思绪也乘风而起，飞向一个莫可名状的高度，那里，也会有一片雨做的云，握住残留的青春，低语。有些故事，就从风动云飘处，开始回望。

　　感觉是很久以前，离公司不远，有一个公园露天电影院，每每路过，看见那铁门前，摆了些红红绿绿的广告。虽然设计乏善可陈。但对于我总是有莫大的吸引力，总会想方设法去看。几乎每个星期，无论是否有人同行，都会去看两场电影。

　　露天影院，距离繁华不远，可绿树的茂密，将喧嚣挡在仿佛的遥远里。有风吹过来，轻拂了发丝，在耳畔轻漾。独自一人，坐在清凉的石凳上，双手抱膝，将头搁在膝上，安静地看着。看那些风起云涌，世事变幻，看世间百态，尔虞我诈，也看尘世沧桑，爱恨纠缠。

那时，所有的人世浮华，都在思绪之外，只剩下一个简单而透明的自己。在别人编的故事里，看人疯，看人傻，看人痴，看人狂。但，只是看，很少让自己陷入。因为，那荧幕上的故事，与自己，委实离得太远。无论怎样企及，也无法抵达内心的那份共鸣。

就因酷爱了那份在夏日晚风中的悠然，恋上那份不急不徐的轻喧，固执的喜欢了那种感觉，喜欢在那许多的人里，可以将自己隐藏得那样彻底。随着那份喜欢，几乎不加选择，一场、两场，及至散场，大约凌晨一点多。经常形影相吊地走在来时的路上，街头的行人已寥寥无几。没有害怕，只觉得很清幽、很安静。

偶尔，也会碰上闲极无聊的人，突然从灯影里走出，说着比夜色更暧昧的话语。那时，也会有些惊心，但旋即安定下来，丝毫不予理会，甚至连步伐也不更改地继续向前。那样的年龄还没有学会"处变不惊"，只是深信——不足为惧。

现在想来，有些可笑，只是不明了，当初的自己凭了什么去断定。倒是因了那份年少的"深信"，在独自来去时，一直也未曾碰到过可称做意外的故事。

虽然那是个不夜城，可凌晨一点的街灯，仍然是有些寂寥而冷落的。夏日的晚风里，甚至会有一缕凉意在空中弥漫。街边的店铺都已经卸下白昼的热闹，一律的冷清着。只有路边的"清补凉"小摊，亮着一盏幽暗的灯，有些失真的存在着。那些在黯淡的灯光下摇曳的人影，远远望去，恍然如梦。

小摊的老板，远远地见着了，脸上的笑意就在灯影下一圈圈地漾开，仿若涟漪。不去吃，似乎都有些不忍。坐下，要上一碗，慢慢地吃着。却不去理会时间仍然在向更深处滑行，那一刻的节奏就是舒缓的，若狼吞虎咽，是合不了那份闲适的，即便那份闲适只是在更深的夜里游弋。

于是，安静地，慢慢地吃完，将一份凉意，轻轻携走。在老板仍然温软的笑里，继续独自前行。

夜，更深。路，更静。行人，更少。

那样的时光，似极一幅未干的水墨，氤氲着一直不愿结束的美好。记忆就一直那样走下去，在更深的夜里，仍然在走着。走在那条独自穿行的街道。熟稔无比，即使失去所有灯光的指引，仍然可以准确无误地抵达。

那些场景，在心底描摹了千百遍，似乎，抬手就可以绘出。那份记忆里温暖的潮湿，虽然已存留在岁月的那端，却永远不会干涸，永远那般清晰。就如一幅淋漓着的水墨，散发着清新的墨香，有着清晰的墨痕，一直就那样，不会更改。

有时，常常会怀疑，场景之于我，是否有过？想来，人对于记忆，若较真起来，经常就会有了疑惑，会对自己以为的"清晰"产生怀疑。

所有的回望，都有一种感觉——恍若隔世！

曾经，是一个多么丰厚的词汇，它承载了那许多的故事和问候。有太多的"曾经"需要与人分享，独属于自己的又能有几分。若与他人分享的，尚可向他人求证一番，若自己独享的，以什么来求证？以那条熟稔于心的街道，还是以那些引我前往的电影，或者那些暗藏着暧昧的街灯？

岁月荏苒里，即使旧地重游，一定不复往日的模样，那时，如何去印证自己记忆的真实？恐怕也只能看着面目全非的新景而惘然了。

那时，权当是隔世的景，就这样，看一眼。离开。指尖握一缕记忆里残存的余温，亦只能是仿佛而已。那些场景如画，已经被时光搁置，想起时，就展开如卷。回望里的潮湿，会让卷上的墨痕如新，仿若一直未干。

只是，那一幅未干的水墨，又能濡湿谁的眼眸？恐怕，只是自己。

其实，人，说到底还是寂寞的。那么多的时光，一个人独守。即便有另一个人在身边，若心不能靠近，也只剩了这世间寂寂的凉了。一个人的寂寞，可以享受，可以细品，或许，还会有因寂寞而衍生出的美丽。可，两个人的寂寞，却只能让心荒凉，冷却在一次次视若无睹的漠然里。

那时，哪怕这世间再多喧哗，心里，终还是极致的守了自己的家，是断然不肯与他人分享的。尽管，那人近在咫尺，亦是远隔了天涯。那样的远，不是距离，而是疼痛，在岁月的叠加里，已经不能感觉到痛，成为习惯，成为绝望。

毕竟，一生中能与他人分享的，终还是有限。若如此，那些独自行走的时光，都只是寂寞的。那么，就一任他再一次在记忆里，寂寞着自己的寂寞。

张小娴说：人生的过渡，当时百般艰难，一天蓦然回首，原来已经飞渡千山。是怎么做得到的呢？却记不起来了。

我们的回望里，想来也会有些感慨是属于——那年、那月、那时。飞渡千山后，偶尔回首看看那时的自己，不管是否记得如何走过，还得继续前行。若想起，有一幅图景，是关于自己的，能够那般清晰的淋漓在记忆里，就已经可以很温暖的笑了。

哪怕，那笑，有一份辗转尘世的倦怠，却也仍是生命中，另一幅未干的水墨。或许，亦会淋漓多年后的回眸。虽然有更多的红尘聚散行走在生命里了，也会有笑意盈然。因为，曾经走过。

那笑里，希望不只是寂寞的凉，而是茂盛的暖。

若那时，生命里，还会有一些叫做温暖的回望，有一些让心不能坚硬的柔软。如此，便足矣。

第四辑　如歌行板，光影

窗外的光阴

　　光阴，是一个悠远绵长的词汇，象一杯冷却在午后的茶，有渐渐清冷的香息，带着生活的况味，却又有一份脱离了生活的高度。静静品味，浮世的欢喜，就如茶中的香醇，慢慢溢出。弥漫在心底的，经历时光的浸染，已经没有单纯的甜或者酸，而是一种杂陈其间的豁然。

　　五月的光阴，在窗外绿树成荫的时光里弥漫着，渗透着，一直一直的递进。知了的叫声，在窗外此起彼伏，一如热浪一波一波袭过来，六月，终于近了，愈加的近了。

　　窗内的时光静寂而清凉，有些感觉在慢慢升腾，譬如静好，譬如安稳。有些世事，似乎在时间的流逝里，缓缓的尘埃落定，那些刻意记取的慢镜头，也在此时被削减，终于，一一沉寂。

　　黄昏时，有阳光从窗外跳进来，隔着密集的百叶窗，还是被零星的洒了一身，偶尔也会有炫目的感觉，只需静等，就会慢慢消隐。那些无声无息来去的影子，像一场莫名的相遇，于行走里偶然对视，心内就清朗如月。行至转身，背影寥寥里，仍然会记得那一泓清澈。

远山在暮色里丢下黑樾樾的影，有些轮廓分明的遥远就清晰呈现，仿若故事一段段在光阴里萎去。有些话我们不再诉说，有些事也不再提及，因为光阴荏苒，世事变迁。曾经给你幸福的人，却留了伤害，给你温暖的人，却留了遗憾。

落在光阴底端的心事，一律都做了茧，把飞越沧海的愿望尘封。就算流年倒置，也寻不着蛛丝马迹。原来很多的东西，都会在经年的岑寂里慢慢溜走，守口如瓶的是旧日光阴，和光阴里的遗忘。

有人说，能记起的叫记忆，不能记起的叫过去。那些我们经历过的，却被彻底忘却的曾经，在时光里真实的存在过，然而亦被我们真实的忘却，不留一点痕迹。有许多的时光，在没有他人的佐证里，变成空白。

生命里那许多被空置的段落，在行走的这一刻里，突兀而残忍。

原来，忘记，有时真是一件非常冷酷的事，无论你是否愿意，终究还是会干净彻底。就像多年前认识的那个人，曾经以为的永远，却在多年后演变成"你是谁？"

虽然只是网络上的联系，但是我的问讯一定彻底打破了他心底残存的美好。

原来，我们并没有自己想象的那般深情，只是因为年青，年青得不必要经历时光就可以轻易许诺，说下天长地久，许下海枯石烂。其实那些形容的长短里，究竟会在生命里占下多少，谁也无法预知。

在一这刻里，突然就觉得曾经的"我爱你"，演变到最后，最让人难过的不是"我恨你！"而是"你是谁？"一念及此，感觉光阴如沧浪之水，无论是否洁净，都会洗去生命中的某一部分。留下的，或许只是画面余白里，长长静寂的枯荷。那些丰满的时光，被一段段洗涤。华美丰盛的光阴，到最后，也只剩下脉络清晰的过往，那些余白里清醒的绿，嫣然的红，都被光阴抹成淡淡的墨色。及至随行里，消隐。

六月的光阴，在窗外递减着清凉，一寸寸滋长起来的燠热，在大片绿色植物里繁衍，越来越茂盛的绿色，在渐渐深浓里拥挤不堪。感觉汹涌而来的绿意在逼仄的罅隙里，一点点蚕食清爽。

这个季节，似乎让人越来越不安，涌动着不明所已的气息，像一场风雨欲来的前奏。知了的叫声，也愈发让人烦闷。

坐在宽大的空间里，敲打着文字，似乎不是想起，也不是记忆。只是记录，这些记录生活的时光，也许到最后亦成为一段空白，而我们唯一能够寻找的，就是白纸黑字里的真实。那时的窗外，是否也有相似的蝉鸣与丰盛的绿色？

若水的光阴，漫过曾经、现在，渐渐会让将来这个词也消瘦直至无形，那些争执、强求、追逐与逃离，都一一远去。随着我们生命的逝去而成尘，在莫可名状的时空里，我们来过，最后消失。

一切都会成为曾经，包括我们自己。只是窗外的光阴仍会井然有序的流走，春夏秋冬，安然来去。那些层次分明的景致，于纷至沓来里更换，于彼此渗透里交替，一切都如旧，然而一切却都是新的。只是，坐在窗内的彼此，已经物事人非。

沧桑，就这么被光阴慢慢渗透，拖着经历的羽翼，在冗长的时空里慢慢被人不断提及，最后与人合而为一。当所有的曾经，都一一远去，留给我们长长的记忆与现实的迷惘，对这个词，我们不再提起。一如那些年少的青春往事，与时光一起逝去。

笑过，哭过，曾经以为过不去的坎，转回头，早已离开很远。原来，时光真的经不起思索，你还未曾真正明白，其实早已掠过最艰难的那一段。

心底，万水千山都已过了，而被时光染透的只是微笑背后的容颜。蓦然里，才明了所有的一切，都只有在转头时方能颖悟，原来——不过如此。

而窗外的光阴，一如往昔。那些远山近草，仍然绿意丰盛，在酷暑里慢慢深浓……

笔随心走

季节，旧了

夜，不可遏止地来临了，那一切的想象都灰灰地暗下去。淡了时光的影，一切的思绪似乎也陷入一种漠然地流逝里，听不见窗外的喧嚣，也听不见光阴行走的声响。灯光在窗外似故乡的流萤一般，在视野里闪闪烁烁，仿佛闻到关于故乡的气息。

这一刻，有往昔回来。感觉如一片渐渐展开的茶叶，在水里洇开一股鲜亮的颜色，仿佛回复到最初的模样。只能是仿佛，那所有的青绿，已然老去，独留了安静的黄褐色。绿，似乎藏在叶的背面，间或会随着水的动荡，而翻转过来。那绿，又在现实里悄然遁去，徒留了些似有若无的伤感。

因为静，墙上的挂钟在白天听不到的行走，此刻在耳边有规律地响起。咔嗒咔嗒，有些凝重的感觉，似极一个已至暮年的老者，灰扑扑的脚步声，还有随之而来的尘埃飞扬。有冬日暖暖的，懒懒的阳光照着，灰尘，在透明的光里活活地漾起来。

冬日里那些阳光下透亮透亮的冰棱，反射着阳光，璀璨得刺目。此刻想起就有些轻微的刺痛，在记忆里一丝丝漫出。眯着眼望着难得一见的太阳，忍着，忍着，还是大大地打了个喷嚏，方才恹恹地用手遮了额头。却仍然透过手指缝去看被手指切割的天空。

仿若在蓄积目光里的暖意。只有如此，再一次面对着冰凉，就可以用那时的阳光来驱逐。而那番苦心地积累着，不知道此时的自己，是否有足够的暖面对生活里的寒冷？

知道阳光在窗外热烈地挥洒着，抬眼便可以感知。无须走出，无须触摸。那般真实灼目的在对面墙上驻留。一片片炫目的透明，不停地告诉我这个季节的燥热。

只是，那阳光与我，实在是没有什么关系。一日又一日地坐在空调房里，控制着温度在 22 度左右，若不到下班的时间，谁也不会走出这门半步。那袭人的热浪蜂拥而至的感觉，实在是让人无所适从。

一日复一日的这般，季节似乎在空调房里平静无波地走过。还没有感觉到真正的热，夏，已经临近尾声了。

回望，老了

紧张的复习，迎考，预考，统考。一场接一场的考试，日子的交替不是以昼夜区分，而是以考试的科目。且不再有礼拜天，所有的日子都被试题填充。摸底、模拟，一套接一套的试卷。忘了学习的目的，似乎就为了将那一张张空白试卷填满，让所有的答案后面都有一个大的红勾，仅此而已。

其实生活在那时的自己，没有方向这个词。没有了方向，没有时间去寻找方向，也没有时间去感受，此刻想起时那种茫然的感觉。一睁开眼看到的，就是试题、课本。满脑子充塞的都是复习，眼皮沉沉地耷下来，仍然在心里下意识地念叨——还有什么没复习完……

那段时光，没有时间去感受年少懵懂情怀的美丽，季节地更替也与生活完全无关。只是在衣着上体现着春夏秋冬。整个的日子都充满着灰灰的颜色，沉重且窒息。

想起来，那偌大的一个房子里，坐着一群面孔苍白的少年。忘了时光，忘了季节，忘了花红柳绿，忘了阳光灿烂。只是一味地埋首苦读。以为那样，就可以走向一条理想的大道。

然而，那所谓的"理想"，究竟是什么模样，恐怕谁心中也没底。只是想着到达"理想"时，就不必如此这般地辛苦，就会有柳暗花明，就会有晴空万里。

须不知，年少时，人生的历程才不过几分之一而已。在那样的时光里，想象生活的"晴空万里"，此刻想起来就会忍不住感叹。或许那时的沉重让彼此觉得，生活仿若凝固了一般。暗无天日地停留在一个被试题包围的怪圈里。以为，只要冲破了那道樊篱，所有的一切都会姹紫嫣红。

年少的经历，实在是不能体会生活的磨难。以为那样的日子就是苦难，就是水深火热，就是无边苦海。只要走出来，就会有想象不到的幸福。偶尔开开小差，想着"幸福的以后"。再看看四周埋首于书页间的头颅，忙收敛了心神，让自己也陷入那一群里。

想起那一段试题充斥着的时光，就有一种感觉，好像那时就已经老去。

追忆，淡了

最近，总是在文字里记录一些似是而非的回忆，不知道是否因为年龄的缘故。也或许是一时半刻的心境，总有些落寞让自己感觉倦怠。不想做任何事，包括一直喜欢的文字。

可是，想起旧去的时光，就忍不住会将自己零零碎碎的感悟敲打成文字。也许谈不上感悟，只是一些琐忆。感觉淡淡的，浅浅的。如饮一杯白开水，只是为了止渴，并不是为了品出个中滋味。如此，就一任自己的思绪游弋，一任自己的文字排列。

从往事里穿梭而过，回望着走过的路途，此刻的自己，仍只不过面无表情地打下这些文字。记录一时的心情，如此而已。这样懒懒的情绪，就有种想睡下去地冲动。不愿醒来，因为知道那些倦怠的感觉并没有睡去，仍然会在我的世界里盘桓。

席慕蓉绝望的叹息在耳畔轻响：今生将不再见你，因为再见的已不是你，今生的你永不再见，再见的是一些沧桑的岁月和流年。那样，我只是不再见你，却永远不能不再见那些沧桑的岁月和流年。因此，我纵然是不再见你，仍然无法遗忘那段被沧桑涂抹的岁月和流年。

这样轻易地将往昔在一抹轻叹里隐去，其实更多的是无奈，是怅惘。一再想起的，总是最清晰的容颜，如一张落满尘埃的旧画，只需轻扬了想念，那尘埃便纷纷落下。那些清晰在尘埃落定后，如浮雕般凸现。似乎只需伸手，就可以将这些年的时光穿透，握住记忆里的那双手。

而现实里，只能轻叹：记忆，如故；时光，远去。

墙上的挂钟，似一个看破红尘的智者。默然无语地冷眼旁观我此时的举动，似乎看透了我所有的可笑与执迷，悟不透的终究是那句话——天下本无事，庸人自扰之。

此时的我，又何尝不是如此。于是，往昔的点滴，就在此刻讪讪地笑里，从容淡去

岁末碎碎念

　　流光里那些纷乱的影还未曾在心底落定，岁月就已经很深了。那些我们以为会一直延续的情感，已成为往事。慢慢的，我们走远，在纷飞的记忆中彼此已经陌路，在偶然的回望里，那些记忆如尘，细微紧密的靠过来。
　　原来，错过与一生只是一瞬之念。
　　我们在选择的刹那就已经决定了今天的尘缘，无论有着怎样的不舍，终究只能落在心底里叹息。那些再美好的过往，都只是曾经，似一抹携着旧事的微黄，就那样以不动声色的姿势，会在某日不经意击中内心，抵达那份再也无法回去的光阴。
　　光影纷扰里，所有前尘往事纷至沓来，在展开的同时已经落幕，这就是人生的苍凉。在回望的途中感慨，在感慨的光阴里沉默。
　　有些俗世中简单的花草，却有一个非常美好的名字。就像芍药会有一个如此别致的名字：将离。一如命运中的诸多人事，无论怎样去粉饰，最后还是惨淡收场。

据《本草》记载:"芍药犹绰约也,美好貌。此草花容绰约,故以为名。"想来越美好的东西越易逝,所以让人用以离别赠予,实在是实至名归。

一场繁花似锦的过往,可不就是一个即将离开的盛世,一如我们不曾在意过的青春,那样肆意挥霍过的,置身其间未觉其丰盈多姿的美好,于回望里却只能隔着岁月的河流感叹:那时,风华正茂,青春正好!

十二月的光阴将尽,明亮的阳光打在白底灰纹的地板上,有一种莫名的苍凉之感,在寒意中更感觉到一份叠加的冷冽。似乎那光里也折射出寒意,生生就落在眼底。

很久没有翻过书,想起那些为自己列出读书计划的人,心底羡慕顿生,但更多的是羡慕那些仍然在继续写着文字的人。其实,文字于他们,不是梦想,而是习惯或者必须。

生活的繁琐,一步步让自己远离了文字,翻阅从前,有些似曾相识,也有些淡然的伤感。其实,在内心深处明白,文字,是生活之外的东西。

越来越多的时光留给了生活的琐碎与繁忙,每一天疲于奔命般去生活,心底总会感觉莫名疲惫,偶尔去看书也会觉出一份疏远来。若说三日不读书,面目可憎,那我如今该是多么恐怖的面容?

我们在努力活得更好的时候,其实常常会背离原本的自己,或许这一刻的生活并不是自己想要的,然而我们却必须通过这一阶段方能抵达自己想要的生活。似乎有些绕口令的味道,细思量,人生莫不如是。

没有人喜欢忙碌甚至劳作,然而如果我们不去忙碌却永远也无法抵达自己想要的生活,为了换取更多的自由与空间,每一个人都必须去为这个目标而努力。无一例外,只是大家所用方式不同而已。

想想曾经的文字里的繁华似乎也渐渐失去颜色了,那些一起地文字里走过的人,也慢慢的失去联系,逐渐消失在彼此的记忆里,直至再也不见。

只是，偶尔还是会想起，那些时光像一场悠远的梦境，遥远而绵长，似是而非。恍惚里曾经有过，却又遍寻不着。那些即使亮着，也不会说话的头像，从熟悉到陌生了。

或许，不久以后，会莫名消失不见，也或许，再也记不起那个ID所应该对应的号码。

时光或许就是如此，总在不经意间就让我们明白，我们一直在失去，哪怕你再多不愿不舍。无法跟随的不是记忆，而是从熟悉到陌生的凉薄。哪怕你再想去追忆，似乎也找不到那份曾经。

尽管隔着时光的远，仍然能清晰的看到当时的热烈，却再也无法触及了，那一份真切的冷意，无端就凉了心境，原来，所有的曾经都只是曾经，无论此时再怎么奢望，都只是徒劳了。

离散，一离就散了，人，都如此！

给点阳光就灿烂

最近,似乎总在下雨。远方的"小疯子"告诉我"一雨便成秋"。而且告诉我他在"成秋"的那一天,想念一个女人的温暖。我不知道他能否得逞。但是,却为他坦白地诉说莞尔。于是告诉他"用文字蒙一个女子吧!"他说:"其实与钱有太大的关系,与现实的距离是非常的!"我亦无言了。

在他冷静的文字里,我看不到一丝关于年少的梦想。只知道执着于文字的他,即使饿着肚子也要上网。时常在QQ里对我"怒目相向"。原因很简单,因为我不大去他的博客。虽然看他的文字实在有些勉强,感觉他的文字意识流的写法太浓,有点让我找不着北。然而,却实实在在地喜欢了,那样一个可以说有些顽劣的孩子。

他告诉我,他们自己策划的小报要出第一期了,问我要不要?我还没有说要与不要。他便说:"我们自己去拉的赞助,不过还是不够,还得自己掏钱!"知道他对我说起这个,只是为了告诉我而已,并没有让我掏钱的意思。就有些恶意的回他"不吃饭可以上网,不吃饭办报也可以嘛！"他回我"嘎嘎！"有些呲牙咧嘴的味道，我忍不住笑了。

说他"小疯子"是因为有一段时间他感冒未愈，居然拿了买药的钱去上网。自此，便将他的称呼一律改成"小疯子"。起初，很有些介意，不肯让我多叫。直至后来，居然也以"小疯子"自居。每一次看到他都会很开心。就连更改了电话号码，也会在短信里告诉我"我是小疯子，电话号码改了……"等等。

如此，便将"小疯子"做了他的代名词。有时久久不会联系，但无论过多久，感觉还是和从前一样，并没有太多的生疏感。

在那一天之前，我们很久没有联系过了。很巧，他居然在那一天告诉我电话号码换了，而且如此坦白地告诉我渴望一个女人的温暖。就是那样一个很俗的愿望，却让我从前一晚的迷失里清醒，走进了阳光里。

那一天的阳光其实并不灿烂，或许与心情有关。前一晚在扣扣上的聊天，让一切的过往成为云烟。感觉像一场梦般破碎。就像满怀希望的去推开一扇门，看那门楣上张灯结彩的喜庆，总以为那门后所掩的一定是欢天喜地的场景，只是轻轻一推，却只看见荒草凄凄，满目苍凉。

心中的那份恐慌无从言说。那一刻，只能静静地靠着那扇华丽的门，在失意的灯下，冷眼看着那从未想象过的残酷。心底的凉意一丝丝地往外涌出，更紧地拥住自己，却仍是寒意森森。寒冷，就那般在自己的无力抗拒中，渗入骨髓……

那时，感觉自己的躯体特别突兀，似乎所有的所有都不复存在，只有自己充满寒冷的身体。很想，找一个可以容身的地方，把自己塞进去。可是，那一刻的自己没有挣扎，或许自知没有挣扎的必要，也或许知道挣扎是徒劳，只有任自己陷下去、陷下去……

我仍在前一晚的寒意里徘徊。"小疯子"打电话给我，告诉我他见了一个文友，是个漂亮的女孩子。于是顺便问了一句"找到新女朋友了？""不是！"他一口否决。喜欢着他孩子似的坦诚，不管真假，我信了。

然后，问我"叶子，你最近还好吗？""好呀，没什么不好！"我极快的答到，或许也笑了。一贯喜欢在接电话时微笑，因为相信对方可以感觉到。

他的问候，就像一场突如其来的阳光，让我在忽然之间感觉到现实里的暖。那些寒冷慢慢地在与他的对话里散去。刹那间清醒的自己，明白"往事如烟"这个词的沉重。若是，便由它去沉吧。而我，只管在阳光里微微笑着。

站起来离开自己的位置，走出门去。被迎面而来的阳光差点眩晕，静静地站了一会。适应了那份灿烂，方才再次起步向前走去。

路过车间的时候，我一直在想那个其实充满着颓废气息的孩子。但仍然因为他的问候而忍不住笑了，一路走着，一路微笑着。对着那些我仿佛熟悉却叫不出名字的面孔。

经常在车间里穿梭，想来那些人对我是了如指掌了。然，他们于我，却只是一些模糊的面孔。走出去，或者更确切地说，转身我便会忘记。只因为从来没有想过要记住某个人，某张面孔。从来只是在他们的目光里从容穿行。

今天，我微笑着认真地去看每一张在眼里突然清晰起来的面孔。似乎每一双眼里都有着阳光，我想我脸上的笑意更浓了。又想起，有人说过的一句话"你笑起来像个精灵！"这样想着，忍不住笑了。一直以来，以为精灵是形容孩子的，有精灵用来形容我，忍不住就窃笑——这个老了的精灵！

一直将笑挂在脸上，再一次走过那些熟悉的时候，就有了似曾相识的微笑迎过来。阳光，在视野里灿烂起来。原来，那些灿烂是需要源泉的。

想起了自己需珍惜的源泉——一声普通的遥远的问候。想起那点滴的阳光之源，不由得想起——给点阳光就灿烂。曾一度认为，那是肤浅而无知地炫耀，可此刻，却深信——是一个快乐的理由。

是的，如果获得了一点阳光，而仍然不肯灿烂，我相信哪怕给你整个太阳，你也不会觉得温暖，也不会灿烂起来。其实，阳光并不一定要多，只要"一点"，只要珍惜了，便足可让自己的心情灿烂起来。

喜欢着那"一点"，或许对于"小疯子"而言，只是偶尔地想起了我。对于我而言，却因为这个"偶尔"，清醒地走出心的晦暗，看到所有的灿烂，也看到因自己的灿烂而带来的更多的阳光。

这样的快乐，需要分享。分享这一刻的阳光，分享我的灿烂。只是希望生活着的彼此，在厄运光临的时候，抓住哪怕点滴的快乐，要让自己灿烂。学会抓住那一缕阳光，学会在阳光里微笑着让自己灿烂起来。

让我们一起给予可以让心灿烂起来的"一点阳光"，一起握紧别人送过来的那"一点阳光"。藉着别人给予的那"一点阳光"，让自己微笑起来，让所有的忧愁与怨恨随风而逝，独留下一份阳光般灿烂的心境。

坚信，无论生活有多少艰辛，能够笑着，就一定不会倒下。阳光也一定会眷顾，灿烂，就一定会与我们同行！

距离红尘有多远

最近,看了一篇文章《离红尘一尺远》,突然就想起自己与红尘的距离。我与红尘的距离?写下这句话时,自己也怔忡于这问号了。距离红尘有多远,活着的自己,与红尘没有距离,红尘的纷扰没有一刻不将自己困缚。在这说不清到底有多深的红尘里,每日里接触着的,全是与红尘相关的俗事俗物。

能够写着文字的彼此,或许正是离着红尘有些许距离的人,至少是想与红尘有些距离的人。此刻,坐在这日光灯造成的白昼假相里,敲打着手底的这些文字,就似乎在远离了红尘。那一切的红尘都在指端化作了此刻地诉说,无论那红尘有多浅多深,都勿需介意了。

只是一任自己指端游离,或许有时的文字甚至与思绪无关。只是不经意间便打出这些文字,只能是这一刻的想法,如此而已。

张爱玲说:普通人的一生,再好些也是"桃花扇",撞破了头,血溅到扇子上,就这里面略加点染成为一枝桃花。象我这样的普通人,也许连"桃花扇"也算不上。因为没有勇气去撞破头,怕痛,也怕溅出的血没吓着别人，倒吓了自己。扪心自问，也没有那样的勇气，拿了自己的血去点染成一枝桃花。无论那花有多精致，多娇艳，还是会忍不住会痛惜自己，而不忍伤了自己去描那一抹红的。何况，总觉得凝固的血液就是死亡的颜色。于是，更加不会拿了那溅出的血来描。

只是，这样地解读着她的文字，就感觉到世俗气息地流转。不过，原本是红尘中一俗人。食着人间烟火，和他人一样为了凡俗的生存而奔走着。实在没有必要在文字里，把自己伪饰成一个所谓的高雅脱俗的人。况且，自己也只代表自己，与他人无关。

俗与雅，或许是两种境界。而这两种鲜明的境界，又如何能准确的分清。你说《十面埋伏》章子怡的裸露是因为剧情原因，是浪漫，是经典。然而在我眼里，却只是裸露的，低俗的，只不过为了吸引人的眼球罢了。这样各执一词，孰是孰非，自难分清。

所以，在说着时，就不再过多地理会，别人是否与我想的一般了。而看着这文字的你，自也可以有自己的想法与见解。

但转回头，仔细地想想，无论自己怕不怕痛，舍不舍得。生活，终会让你尝尝"头破血流"的味道。哪怕你再费尽心机地保全自己，仍然不能免去。人生不如意事，十之八九，有这"八九"，有这过于悬殊的比例，任谁也逃离不了。

不想也好，想也好。生活全然不为你的意识所动，一任自己地发展。像彼此写着的故事一般，有开始，有高潮。而这故事中的章节，断然不会是节节美好，一定要有些起伏跌宕，方才让故事显出万般的生机，有生命力般鲜活了。

而生活亦是如此，平静如水的生活。没有丝毫波折与起伏的生活，静则静矣，只是多了份滞如死水般地沉闷。何况，举目四顾，这现实生活里，哪里又找得到这样的生活。无论你我，总是会有一些可以被称作"坎坷"或者"磨难"的东西。只不过是多与少或者说深与浅地区别而已。

这，也就是他们说的——成长的代价！

所谓成长，不言而喻，那是与你我都有关的。人，只要从母体获得生命的那一刻起，直至生命的最后一刻，都离不开"成长"这两个字。而这里所指的"成长"有另一层更深的意思，更多的是指个性的成熟。那些，与年龄有关。但有时却也与年龄无关，大多决定于各自的经历。

都说苦难是人生的财富，而这"财富"唯一的好处，大约就是可以让人迅速地成熟。虽说用了这众人向往的词汇——财富，可未必是每一个人都希望拥有。至少，鄙人是不敢苟同的。可是生活，决不会随你的意志而转移，一直向着你想象的方向发展。如若那般，便无所谓"坎坷""磨难"了。

于是，只要活着一生，便断不了与这红尘千丝万缕的联系，断不了活着的俗。无论你多高雅，总得食这一日三餐。人间烟火你食了，便脱不了俗。无论你多清高，总得为了生存而奔波，这奔波里难免不了与他人往，而与他人往，断不了会有或多或少的欲念，名或利诸如此类。如此，有欲念便也脱不了俗。

这样看来，凡人俗事多，不仅仅是一句话，而是一个的的确确的真理。生在俗尘，长在俗世，这个"俗"便不可能让你逃离"红尘"半步。与红尘的距离，何来之有？

尽管时间过去了很多年，仍然记得初中毕业时，语文老师的留言：很庆幸，能在这青山绿水间，遇上你们这一群超凡脱俗的女孩。他说"女孩"，当然不包括男生，或许在他眼里，恰似大观园里的"宝哥哥"一般，男子都是泥做的浊物。

没有查证过，他是否在这"一群"的留言簿上，都留着相同的"庆幸"？他说的是"一群"，那么，想当然我也在内了。当时得他如此高的评价，真正有些受宠若惊的感觉。实在是想不到，平凡普通如自己，也可以用那个在自己看来，只可以赐给仙人的词来形容。实在是暗地里高兴了老长一段时间。

而此刻想起，却只剩了些无奈的浅笑。所谓"超凡脱俗"，恐怕只能在文字里实现了。别说精神食粮之类的问题。此刻为了生存，为了能够继续活着的那一日三餐，也不得不更改一些一直坚持的东西。常常会为了"生存"这简单的两个字，不得不将自己原有的棱角，一点点地打磨成世故。

虽说，多年未见的同学见了，仍然会说我"一点没变！"。随着时光地流逝，日月地更替，一成不变的东西，这世界再也找不出了，何况一个人呢。听了这样的话，仍然只是一笑置之，已经没有了当初那份纯真的窃喜。

说"没变"也未必是件好事。就如同此时，有很多事违心地在做着，心里百般地不悦意，却因为"世故"而勉强了自己。这份"勉为其难"的感觉，或许就源自于同学所说的"没变"。这样说着，就感觉活着的疲惫，一种自心的底层泛起来的累意，笼罩了此时的心绪。

"超凡脱俗"一个如此美好的词汇，在遽然间就只能欣赏了。

而这所有的"无奈"与"勉强"都只缘于——彻头彻尾的"俗"。然而，却是身处红尘的你我，逃不了的"俗"。生活着的我们，因为生活着，因为想更好地生活着，或者仅仅只是为了活着，就会有欲望。有了欲望，便不能超凡，不能脱俗。

正因为我们向往着"脱俗"，却于红尘纷扰里不可避免的"世俗"。这一场又一场的纠缠，便成就了文字里的叹息，想与红尘有距离，如若有可能，也只能是精神上，在文字里偶尔地想象一下。

可是，即便如此，我们还是得利用这"俗物"——电脑，以及这于指端流走的光阴。或者更现实地说，还必须要有能够维持生存的基本——裹腹的三餐。如若，三餐难继，任谁也不能悠然地坐着，来闲侃这些与生存无关的东西！

　　这样写着，就知道自己尽管在打着此刻的文字，依然是身处红尘的自己，仍然是那个俗之又俗的我。其实，我也在红尘里，用自己的血在描一些图画。只是那些画或许根本不能算上"桃花"，只是无意识的描了，而不自知罢了。

　　如此说来，我与红尘的距离就是——没有距离。

春初旧笺

　　有雨，斜织了一片凉凉的冬意，初春里，有星星点点的雪花，在风里轻舞，盘旋在身畔。寒意随风路过，春寒料峭，一个词在此时如此真切。有凉意渗入骨髓，遍体生寒，感觉像行走在冰冻的时光里，触手，皆凉。

　　想起《云水谣》里的诘问"把生者和死者隔开的，是什么？""把相爱的隔开的又是什么？"是属于生命自然的消失，还是那隔绝生死的一抔黄土，或者是时光停下或者前行，于彼此的不同？千回百转，终还是落入一片惘惘然里。

　　二月的风，没能剪开春的枝桠，倒让心底的寒意落入冬里，似乎不愿醒来。那些成为往事的曾经，就在记忆里回旋，挥之不去，终，心事成殇。

　　想起的，也仍然是多年前的那张面孔。你说，将生命里的故事延续，就会让手里握紧的幸福漫过岁月的河流，最终会是谱一曲因你我而唱响的经典。多年后才明白，生命里的故事，不管你如何紧握，最后的结局仍是难如人意。而人生的旅程终会在这些磕磕绊绊里前行，走得再远，行得再急，那些你愿意或者不愿意的存在，都会真实地走过。

所谓幸福，始终在一步之遥。

相逢的偶然，却蕴藉着结束的必然。偶然与必然，只是生命的行程。一生中，总有那么多的偶尔，造就了那许多的必然。当我们沉缅过去的时候，或许遭逢另一场偶然，开始新的必然。只是旧缘未断，如何去承接新的延续，那些在心里牵绊不清的过往，就会时时在心底与今日重逢。

因为普通，不曾幻想过生命里的轰轰烈烈，一直以为只要那份平淡一生，亦是幸福。须不知，那份平淡也需要另一份相契方可成就。当向往里的相守，变成他人眼中的笑柄，已经学会在心流泪的时候微笑。

不再追问天长地久，听着永远也只是笑笑，如此而已。不再去苦苦追问，当初的永远，为何只是此时的别离，当初的承诺，为何会在这一刻停歇，当初的相许，只是生命里一段带着疼痛的回忆。

生命里走过的信誓旦旦，被一场世俗的戏剧拦腰折断，还有些什么不能放手，还有些什么不能放弃？说着连自己也不再相信的话语，唯求别人眼里一个完整的自己。其实那些支离破碎又有谁能拼凑出当初。我不能，你亦不能。

人生左右不过两个字，来。去。身边的人也不过两个字，来。去。人的一生也不过是在来与去里停停走走，那些事那些人在停走里穿梭，便成就了一生的悲喜。

只是在这些来去里，飞鸿映雪也好，刻骨铭心也罢，落入最后，也不过是白茫大地真干净。而此刻，有多少理不清，就会有多少剪不断。新愁旧恨，一一在时光里抖落，只印了些陈旧的过往，尘埃满面的还是眼底那些曾经的流年。

多少年才可以遗忘当初的相逢，多少年才可以放下那时的相守，那些朝夕相伴的岁月，那些苦乐同舟的感慨。如今，只剩了对年华的感叹。

有多少是心底烙下的伤痕，就有多少是因为时光而结下的痂。

没有人能明白生活究竟会给我们什么，留下新的疤痕或新的欣喜，只是到最后，无论放手与不放手，流年都已暗换。像一场陈旧的戏，不断的上演，不断更换主角，来了，去了。走了。留了。没有什么需要留下，没什么需要佐证。其实人生，真不过是南柯一梦，只是你我仍然在梦里行走，清醒时就会疼痛，梦里却是那样茫然。

爱着的时候不能放手，告诉自己才是最爱他的那个人，只有自己才能给他幸福；不爱的时候亦不能放手，告诉自己付出了太多，放手，岂不是生生割出生命的一半。终，只是自己的想法而已。有些人，有些事，不是自己所能把握，而生命却在这些放与不放里纠缠着，老去。

多年的时光荏苒，许多的东西在潜移默化里改变，好也罢，坏也罢。只是自己的一面之词，一直在为自己找借口。承诺，开始成为爱情的锦衣，包裹着的亦只是爱情的木乃伊；期许，亦不过是爱情里最美的朝露，在天明前就会离去。就像暗夜里开始舞蹈的精灵，有多少繁华盛世，都只是一梦的距离。

不断地行走，身边的人也在不停的来去。没有谁为自己停留，亦没有想过为谁停留，有多少留下的藉口，就有多少走下去的理由。每一个人都在藉口和理由的多少里选择，不是生命里的岔路口，只是那些想法被自己用多少来衡量的时候，感情，已经开始变得不那么纯粹。

今天的彼此，不再苛求其他。彼此都各取所需，你也好，他亦然，似乎都开始为自己所谓的"爱情"寻找最美满的借口，其实不然，大多只是为了满足一己之私。

人生，终是如此，总在无数的借口里前行。无论走或者停，都是借口，生存着，为谁而活着，都有借口或者非常的理由。其实，终还是逃不过人性的自私。

坚强的活着，只缘于没有选择，却偏要找那许多的藉由来确定，哪怕活得难受，还要告诉自己，坚持就是胜利。可是，自圆其说的谎言，总会在自欺的时候于心底冷笑。那心境，如一根绷紧的弦，怎么弹，都只是涌动不息的浮躁，不能放松片刻，倦了，累了，仍然对自己说着——坚持，以为背后就会是阳光明媚，晴空万里。

只是谁也不曾知晓，前路是否仍然阴霾密布，走的时候不知道，走过的时候才明了。千山过了，回首惊觉，人生，已过了许多时光。或许，人生大抵如此，这般亦走亦思。无论生命里会多少变数，还是会为那些借口或者理由活下去。

活着，总还是有希望的一天。如人所说：都会好起来的！

如此，给自己一个微笑，不再追问谁是谁非，无端的纠葛，庸人自扰了这份闲暇。曾经的都已远走，无论生活里还会有多少疼痛，都会在笑里淡去。

阳光暖暖

蒲公英飞过来的时候，我望着天空的模样，一定会让你忘了时光地流转，以为我还是当年那个将野花插在辫梢的女孩。一如当年的向往，似乎光阴从未曾辗过。只是眉端轻敛了岁月的沧桑，有些眩惑的在阳光下给你一种错觉。

我们原本勿需介意岁月的。米兰·昆德拉说"我们身上有一部分东西始终生活在时间之外"。我想是的，我对蒲公英地羡慕，一直生活在时间之外。看到这几个字，似乎就看见自由在飞翔，从我的头顶轻盈掠过。而那份轻盈又极像杨丽萍游弋如蛇的手臂，优雅宛转，一直回旋没有尽头的美丽着。

其实，我并不知道真正的蒲公英是什么样子，所以也就不知道，我所见过的那朵似雪绒的小花是否就是蒲公英。但是我一直固执地以为那是，就像此刻不肯认可季节的酷热，硬生生在自己的感触里说着阳光暖暖，一扬眉就会有暖暖的笑意盎然了。

风里婆娑着的绿叶，斑驳陆离的树影，在阳光下阴凉甚至是黯然的感觉。象都市里的月光,被繁荣点染,有些沉沉地昏睡着。似乎不会醒来,也不会真正的酣睡。只是如此,一直如此。就有了一个词,浮出水面——地老天荒。

感觉而已,就连那份地老天荒的感觉也是模糊而冗长的。弥漫了些言说不清的情愫,懒懒的。就像一段没有缘由的喜欢,在日复一日地平静里颓废下来。感觉也逐渐远离了"强烈"这个词,似乎一切都是淡淡的,渐渐沉入一种昏迷状态。偶尔回想那些过往的"热烈"让自己也讶异不已。

走出来的自己,回头观望,心情已不复昨。比自己就像的要平静许多,没有所谓的"不堪",偶尔在想起时,淡淡地笑了。只是,眉间心上,无计相回避。当一切都无法闪躲,无法避开的时候,我只能微笑,我无法不微笑。如此,我便静静地对着往昔——一遍遍微笑。

走在路边,有阳光透过树叶在灰白的水泥地面上跳跃。忍不住摊开手掌,看那光斑在我的掌心轻舞。想起落花姐姐的文章《阳光在跳舞》。不由得就想起那个文字干净得如花岩溪水般的女子,想起她朴素的紫苏里的幸福。或许,只有她才能真正地领略阳光的味道。而我,只不过在扰乱自己而已。

道路两旁的树一般高矮,如列队般顺延而去,似乎也没有尽头,尽头是两排绿树的重叠。树梢的叶鲜嫩,绿得似乎带着晨露,仿若会发出璀璨的光来,一不经意就会刺痛习惯了城市青灰的眼。然而,没有,那绿有些张扬,可那张扬恰到好处地遮了些城市的暗灰。

在那嫩绿的叶后,有墨绿的树叶层叠。繁复的将一份沧桑涂抹着。流年已凝聚成一种深绿的颜色,在叶间次递老去。而我目所能及的,究竟是哪一年的叶?哪一片是与我一般被年轮辗过,仍然不肯放弃的叶?仍然在风里悠然着醒转。轻轻慨叹着时光地老去,叹息着的光阴也随着叶一起老去了。

旧去的时光里，有些什么让我们一再记起，总也不肯放下。知道懂得放弃才能真正的拥有，看着阳光在指端弹跳，就仿佛有一个透明的跳跳球，在手掌里被阳光牵引着跳跃。又想起那个被女儿打入菜园里，遍寻不着的跳跳球。女儿做错事后那一脸无措的表情，忍不住让人百般怜惜地拥住她，舍不得再去责问她一丝半点。

这样，或许有了溺爱的嫌疑，可是，面对女儿那不染尘埃的"无措"，只有满怀的"不忍"。

那时的阳光，真的好温暖。想起时，就有那一刻的阳光照过来，直入了心的底层。有些什么被记忆里的阳光温暖了，软软地不忍放开。如同那一刻不忍责备的心情，顺着此时的阳光层次鲜明地来回。在异乡的独行里突然温情四溢……

有一只鸟从树间飞出，我想是我的路过惊扰了它的静养。也或许与我无关，想像长年生活在一个车流如织的路边，想来也习惯了"打扰"。看着它有些惊惶的模样，心里有一份歉意。目送它走远，斜斜的在屋脊上掠过，在我的视野里变成一个极小的点，直至无痕。

其实，生命中的太多东西，又何尝不像此刻偶遇的一只鸟。到最后陪伴自己的终究只能是自己，谁是谁的永远，谁又是谁的等待？这样问着，这样想着，就有些凄凉甚至阴冷的感觉漫过来。阳光也照不到的距离里，总有些让人不能快乐的理由吧。就像那些只能成为"偶遇"的邂逅。

终，还是想起了那句话"快乐是一天，不快乐也是一天，我们为什么不快乐呢？"是呀，为什么不快乐呢？生命里的每一天，不管忧伤或者快乐，那一切的长短并不会有所改变。如此，尽量快乐着。哪怕生活有千万个理由需要哭泣，也在心里告诉自己——还好！

但凡俗如自己，究意，还是悟不透的，总是执迷着。如那只离开了树荫的鸟。也许还会回来，还会被另外一个路过惊扰，然后飞越。这样反复着，生命也就在消耗着了。

　　想来这人世间，一草一木的枯荣，一生一世的守候，点滴的感触在文字里，却扩张成无边无际的愁绪。就有些痴意在文字里漫长，于孤独的午夜静静繁衍了。或许在辰光里有欲说还休的质疑，想问，多长？却只能在回首的瞬间再一次低首轻叹，其实，也不过是一春一秋的长短。

　　那些铿锵有力的誓言，最终，只不过是婚姻废墟最荒谬的旁白。

　　似乎看见电脑桌面上那一片淡蓝的天空，闲闲地飘着如絮的云。那云与云之间，似断非断，有些优柔寡断的味道。可是，那一切都是暖暖的，仿若一场超越了完美极限的温暖，感觉不到凡尘的气息。

　　此刻我亦是，行走在自己的曾经里，哪怕那曾经已经不再有"活"的气息。其实也可以就这样忘了，一切的过往，只是一场明媚过的嫣然，留了些灰灰的结局。黯然了几个黄昏，和着倦极睡去的夜。

　　阳光下那只鸟的轻盈，在仓皇逃逸的瞬间，仍然有着完美的飞翔，那般美丽地远离，在仓促之间，居然没有忘却留给我一个优雅的背影。而我们，是否也应该多一些从容，面对生活的冷暖？这般，对着暗灰的天空——笑了。既如此，一切顺其自然，生命，终究还是要前行的。

　　如此，我便微笑。对着那满目疮痍的曾经，对着那一地狼藉的废墟。在岁月的深处，有些东西让我永难哭泣，流泪的感觉并不美好，所以告诉自己——不哭泣！在心里轻轻地唤着，一遍一遍地提醒自己——亲爱的，别哭！

　　这样，在暖暖的阳光下，我仍然会用最灿烂的笑告诉你——还好！

　　因为，我不能辜负了这般温暖的阳光！

心迹墨痕

  指端轻捻了一段时光，漂浮在记忆里的往昔，就在掌心演练曾经。那些似曾相识的面孔，由模糊到清晰，然后，渐渐消隐。像电影里的特写，一点点消失。仿佛颜色还留在心底，而画面已无处可觅。心思，开始由绵密细织的雨，转为轻盈细软的薄雾。有些淡淡的怅，却随着一声轻叹散去……

  十月的时候，在一缕微凉的风里，开始轻轻将墨痕化成淡淡浅浅，似乎不曾涂抹。那些印迹，眼看就要与我失去音讯。我还在繁华里，静静地等这个季节第一枚秋叶的回归。看它被夕阳镀上些许金边，在空中翩飞如蝶般落下，轻，且静。

  那般安静的离开，仿若从来不曾有过相依。随风而零落的，不仅仅是叶的眷恋，还有季节的迷失。然，还是在最后和最初的凉里，远去。至直，秋，完全渗入。

  这个十月的天气，渐渐浸了秋的味道，清晨的风携了丝丝缕缕薄薄的凉意，轻拂过手臂。虽未见黄叶满地，却仍感觉到心底的萧瑟。

一个季节的离开，预示着一个季节的开始。如同人生里的舍得，舍得，有舍才有得。

轻念，居然在秋天的风里微微笑了。有些轻痕就划过唇畔，流离失所的情感，终于在一片叶的翻飞里，觅到归途。一颗心，依在一片叶上，开始静静地等待来年的春。泥沙俱下的岁月就漫过喧嚣的尘世，静静落下，慵倦的倚了旧时的窗，只是以淡漠的姿态交给无语的道别。最后一次回眸，还有多少眷恋未曾舍弃，最后一次转身，还有几许缱绻纠缠？再回首时，真能轻松与旧日话别，恐，还是无语。

心，还是凉了。有些怅怅地行走在街头，茫然，不知所往。偶尔路过的行色匆匆，更让人心生倦怠。仿佛空气中也拥挤着倦意，行走间就有了莫明的失落。或许，只是一个人的独行罢了，更是因了这份闲散。忙乱的日子，那些被琐事与纷扰填塞的日子，回首，已他年。

只是指尖轻弹，便过了好些时光。遥望里，有不可企及的远。有些仿佛的陌生，旧事像缚了透明的膜一般，真切倒是真切，却已经触及不到了。就像感情，就像时光，眼睁睁地看着远走，曾经的美丽，还是那样清晰，却，不复昨。

身边有一对夫妻路过，女人坐在三轮车的小凳上，男人在前面弓了腰蹬着。那三轮车上，有着一些锅勺之类，或许是摆路边摊的家什，或许那就是全部的家当。女人欠身向前，靠近男人的耳朵，似乎说了什么。男人回头，对着女人笑了。然后，又用力蹬着车。

前行的路上，他们会一直演绎着这样的微笑与回首么？不想探询，探询的背后常常与就像背道而驰。只去想起秋风中那抹轻笑，那一次自然而妥帖的回首。身后的女子，纵是平淡无奇，也在那一回首里绚烂了。那些时光，忆起，是否就叫美丽？

就感觉到风里有一缕柔软的暖，渗入心底，轻轻地漾了。

阳光不再那般热烈了，虽仍是炽热的模样，却少了那分真切。风，仍能穿过阳光，轻飘地写了一缕凉爽。秋，已经真实的莅临了。

　　一直不愿承认季节的来临，就像活着的彼此，宁愿抱守着谎言，貌似幸福的生活着，也不愿去探究生活的真相。时时对自己说着：还好。也习惯了在别人问询时，笑着说：挺好的！已经习惯在那一刻，用夸张的笑声来掩饰心底最深的落寞。

　　漂泊着的春夏秋冬，开始在撕下日历的那一刻，以最淡的目光看那个时时翻新，却又时时重复的数字。不再去努力地翻上去，看那个关于年月的沉缓。只是在目所能及的距离里，看那一个孤独的数目字，突兀得那般荒凉。回转身，季节里延续的景致，就有些凛冽的味道弥散开来。

　　经常会有些莫名的感触，似乎从日子里暗暗滋生的某种情感。似乎多年前就在那里，只是一直被自己遗忘。只是从那一刻开始浮出水面。生活里太多的东西开始沉落，浮现的会有多少真实。已经不再期望那份浮现能够长长久久下去，对于沉落临近了沧桑，只是一瞥，便远了俗世的明媚，独落了黯然。

　　开始在誓言零落的街头，寻找些能够证明存在过的理由。承诺纵横交错的时光，连同青春，被远远地丢在了身后，那些话语，那些说话的人，此时，在何方？心底，不禁惘然。

　　记忆，是个很奇怪的东西，只要你用心去想，有些遗忘的点滴，会被记忆轻易拾取。经常我们行走在路上时，就会将这些场景翻阅，演绎一些属于自己的悲欢，自私的快乐或者悲伤。只是，记忆能够在时光里迂回曲折，而人生却已经走过了万水千山。

　　感叹，终是难免。透过流走的时光，已经让心底的追逐渐次停歇，无论什么样的感悟，都开始学会在安静里从容。哪怕，只是掩饰。一如这个季节的墨痕。清淡得几乎划不出印迹，却仍然真实地存在了。

　　偶尔回首，想起一些话一些人，却再也不像从前一般怨怼，只是静静地想起。感觉到生命曾经那样流过，若风，拂过面颊，宁静而自然。

春末小语

　　三月，在不断的奔波里，尘埃落定，有一份强烈的无奈。心底的顾虑，于现实里那样无可奈何的选择安定，漂泊，象噩梦一样如影随形。哪怕在梦里，也是辗转流离，那份疲惫与倦怠，在心底根深蒂固。

　　三月末，雨意缠绵，时光似乎回到从前，让这座城市开始在一场春末的寒意里安静下来。

　　坐在三月末的窗边，有满目的绿意就扑了过来，没有阳光，这座城市在一场大雨过后，有一份淡然与宁静。那充斥于眼底的绿色，也带了一份安静在视野里蓬勃。那片绿色离得很近，靠近窗的位置，只要一伸手，就能够着树上的叶子。

　　那些喧嚣的过往，都在窗外的车来车往里，变成纸上的印迹，有些淡，然而清晰。只留下低低的叹息，罗列在文字之后，雨意微澜的时光，就在白纸黑字里沉寂。

　　雨后的窗外，有一份淡淡的水气氤氲，那些街灯却在雨后更显冷清与寂寥。一抹尘烟只能于心底轻扬，旧事就落在眉端，带了些许水意，枝繁叶茂的记忆，瞬间就伏在雨里，成了泥泞。

时光里那么多旧事，于这一刻仿若一场纷纷落下的尘，不能清醒的只是那时的自己。若有什么能够回到从前，我相信自己宁愿做那个不曾写字的女子，只于尘世这样过了，纠结于微薄的欣喜里，淡淡地来去。

　　一任红尘如风地过了，清寂地散坐于沉睡的夜里，独品一份隔世的冷。知道心有些凉了，更明白那份无可选择的坚强，深入骨髓。渗透在生命里的，还是烙上印迹的坚硬。撞击，也带着铿锵的味道。于风中展开自己的旗，哪怕只是残存的信念，带着悲壮，仍然期望坚守到最后。

　　恍如一梦，终要醒了，浮云过隙只当无人经过，尘土飞扬里说声再见，好过俗世里无谓的纠缠。哪怕再见亦可如风掠过，淡然一笑，一切的过往了然于心，于彼此不失为美好。或许，能在多年后的黄昏里，想起，仍是如初的景，那些浅笑，那些言语，都会带着一丝浸润岁月的潮湿与柔软。

　　而反复的纠葛，到最后只落个不堪回首。无论我或者你，其实都已转身。

　　所谓爱情，盛世里的景，都只能回望，或者一如挂画，任我们欣赏、把玩，却始终无法领略个中真味。

　　文字里的纷扰实在是无聊得很。爱，亦不过是指尖流沙，傻傻地握紧却只是磨疼了手里想留的，一丝于生存可有可无的温存。那样苦苦诘问，细细探寻爱的蛛丝马迹，只能是作茧自缚。于彼此，实在是得不偿失。

　　无爱，也许遗憾，有爱，未必快乐。人生的事大抵如此，拥有也并不一定是永恒。只是需心存善念，宽宏一些，倘能于爱里没了奢望，无嗔意，或许于彼此都是福气。知道无人能做到，却还是带了强求的意味，心底安然顿失。

　　四月的晨，落在文字里依然延续了三月的轻寒。怅惘与孤独，于一盏孤灯里绘出，那些尘世里的流年，就于心底暗淌了，疼痛，总会如期而至。行走于路上，愈来愈多的记忆，愈来愈沉的行囊，让往事，一点点消弭于心，残留的灰烬，就于清冷的雨声里，和着念想一起飞散。

只是，光阴若水，静水深流里就暗换了容颜，把栏杆拍遍，也只剩手心空洞，寂寥的回响还是会倦了红尘。

孤寂静坐，仿若临水照花，独自妖娆了自己的晨昏。心底，旧事成殇，还是会于静夜里不经意想起。心，还是会痛，只是少了那时的尖锐。或许时光将一切的感觉都打磨得失去了棱角，让疼痛有了细微而绵长的感觉。

想象彼此于很远的地方开始行走，偶然的重逢，是生命的际遇亦是恩赐，尔后的背道而驰是必然，亦是结局。我们不谈得失，只想舍得，有舍就会有得。能够于生命里同行一段，无论是虚情还是假意，权当生命里的真实，那样相信会让心底更多一份安然。不管是粉饰太平，还是伪装幸福，都只是希望，还能够对着阳光走过去，对着生活里的阴霾说一声"还好！"

不想预言还能失去什么，得到的同时就意味着失去的开始。一如生命，活着就意味有一天的离开，无论有多少不舍，终须放下。十丈软红沦陷了多少是与非，人生没有对错，只有选择，无论结果如何都只能向往，若果不幸，不是当初的错，是时光偷换了当年的景。

一路走来，生命里的聚合离散，都一一在心底悄悄地投了影，似乎只是一片薄如蝉翼的云，却清晰地烙在心上，有轻微然而绵长的疼痛与欢喜，微微地，轻轻地弥漫在空气里，带着四月的轻暖，慵倦却依然有着无法掩饰的风情。

四月的风，有些清凉的味道，在这个雨后的城市里，掀起一阵薄薄的春寒，凉薄至心，无端生了几许倦怠。此时的窗外，有清寂的灯光，远一些的，有些朦胧的黯淡，近处的，透过玻璃窗，有一份刺目的凉意，仿若刺入心底。

四月的景，落在眼底只是一片模糊的绿意，想赶上一个词汇里的温暖，春已完结……

第五辑　流光思舞，轻语

轻语随笔一

文字

呼吸着文字里的宁静，一如在夜晚清醒的自己，一遍遍将思绪放飞，那些花事便次第悠然。我在寂静的午后，敲打着悲喜。你一如既往沉默，心情淌过你丰满的河床，突然干涸的是我，几十年积蓄的语言，在那一刻渐行渐远。心情也迷失了来时的路，风一般掠过深深浅浅的印迹。那些旖旎已经是过往，新的美丽会不会一段一段唱响？

感觉太长，那些悲欢离合，被想象篡改，然，你仍以真实存在，哪怕有一万种揣测，你以一种姿态沉默。白纸黑纸是永远的真，可以悬挂，可以出卖，亦可以收藏。然，你只以一种静默告诉我，有些东西，永远无法涂改得一如从前。

默契将语言遗忘，文字一次次把心出卖，背叛了自己。晨曦把夜流放，在风中清唱，姑且从容走过掌声祭奠的舞台。深深俯首，对着残留于我心中的那点滴文字。让光阴荏苒，一再拾起的，总是那些零零碎碎。

桌面

曾经是一片如水的湛蓝，那片深浅灵动的蓝，让一份心情叫做——舒适。常常会莫名的凝视那片蓝，感觉一层一层的漫过来，淹没所有的真实。梦幻便在那些幽幽的蓝里，淡淡的洇开，晕染那一刻的光阴。如花般绽放的是，阳光下那片蓝色的海洋，想深深的陷入，也许那是所有真实的起点，亦是所有真实的终点。

亦曾经是一枝带露的玫瑰，冷艳一如黄昏最凄美的云霞。置于一片深浅不一的灰色里，浓处便成了黑色，只有画面中间那鲜艳的红。如一颗心的位置吧，两片绿色的叶，还有清晰可见的小刺。不喜欢长久的凝视，也许已经过了与玫瑰相恋的年龄。只是喜欢那种沉静的感觉，欣赏那份永远不可企及的华美与艳丽。

此际是一枝黄叶图。背景是黑色，有一束光照下，叶子有些透明的错觉。图片的来源有些诡异，一个我至今仍然陌生的人发在我的邮箱里。且有一段凄凉的感慨，于我是有些同病相怜么？抑或只是一个阳光下的错觉？没有更深的思虑过，只是喜欢了那份简单的美丽。甚至那叶上清晰的虫眼，一些黄绿相间的颜色，诉说着生命的青黄相接，或者是青黄不接。

阳光

有时一整天一整天的坐在屋子里，面对着那些1、2、3、4、5，清醒的过着自己的白天。但与阳光无关。房间在二楼，如果不开灯，便有黄昏的感觉。于是，日日与灯相伴，上下班成了昼夜的交替。在困乏里并不是很清楚的数着日子。

太阳到正午时，有阳光在窗外悠然。繁华把城市制造成一个个的溶洞，看见的只是对面墙上灼目的白，有些耀眼，那便是阳光了。但那些光亮会影响了屏幕的可视度，便拉了那百叶窗，将阳光，或者说想像的阳光隔在窗外了。

午时，走去房间去吃饭，阳光扎得眼睛不开，有些涩涩的痛。看见耳际的一缕黑发，在阳光下闪着透亮的黄。硬生生的望住太阳，阳光毫无遮掩的走向我，那些温暖便在周身游走。这是白天了，在心里感叹，我的白天就是如此的短暂。吃完饭，返回房间，匆匆的与阳光轻触，迅速地把他们丢在身后。

竹

若说"宁可食无肉，不可居无竹"，若如此，我便是得偿所愿了。每日的三餐，总有两餐是有肉的，而竹，便在办公室的茶几上。只是，此竹非彼竹，他们叫它"富贵竹"。

有些不明了它名字的由来，感觉它一丝儿贵气也无。倒是同事不知从何处觅得一养竹的瓷瓶，月白的颜色，上面涂有一幅小小的写意画。那瓶身有些曲线的模样，中间纤细，至两头渐渐粗大一些，口比底部阔大些，但一点也不显其粗陋。三支二尺来长的竹，便自那瓶口向上随意的立着。并没有人时时去照料那份"富贵"。

偶尔去看看，那水已经渗到石子里面去了。便慌慌的用杯接了饮水机上的纯净水，一直倒，一直倒，到可以看见水时，便停下。如此这般的反复，那竹，依然是青翠欲滴的，在房间里葱茏着，一点要枯萎的迹象也无。一如既往的伴我们，一起走过这些晨昏。

累了，抬眼便见那一室唯一的青绿，倦意与室外的天色一般，袭来，又静静离去。一如那竹的悄然。而时光一日复一日在竹的静默里，轻飘得不着痕迹。而竹，仍沉静如斯。

轻语随笔二

咖啡

　　咖啡，我在心里低唤着这两个字，那些清苦就在唇齿间慢慢洇开了。老觉着这两个字里有着悠长的叹息，有说不出的沧桑感。也许是因了那份苦。

　　有人说咖啡是最哲学的东西，将它煮沸，然后慢慢等其冷却，明明是想喝其中的苦味，却偏偏加糖。哲学与咖啡是否如此，于我都是不懂的。

　　对于咖啡，在很长一段时间里，是清香在我的想象里。想象它是有着高贵与典雅合并的气质，是临窗有女子独坐，而女子必是有些忧伤，但亦不能太过。那桌上有精致的杯与碟，女子小口小口的饮，又或者并不饮，让杯中的热气袅然，慢慢冷确。一如女子的心情，有些淡淡的伤感。

那些关于咖啡的想象，在很长一段时间，占据着我的思绪。一直以为咖啡是一种悠长的寂寞，一如那杯上悠然着的热气，也似渐凉后淡去的香醇。有些华丽得与现实脱节。直到自己在现实里接触到咖啡。

第一次接触咖啡，是在海口。很多年前离开那座城市，心里的感觉是终于离开了，而且在心里告诉自己，那座城市是没有什么值得留恋的东西。然，今日想起，仍然会记得那里的咖啡，在记忆里热闹的香醇。

之所以说是"热闹的香醇"，在海口的大街小巷，都可以找到一种排档式的咖啡店。海南人叫"老爸茶店"抑或是"喇叭茶店"。那时曾经问过，但都未曾得到过真正的验证。我私下觉得应该是"老爸茶店"更切合一些。因开茶店的多半为本地人，且有着朴实善良的笑容。

那些茶店里，也有咖啡，是海南本土产的咖啡豆，现磨了现煮。便宜且热闹，如排档一般的。那里的咖啡与我想象中的咖啡已然是，失之毫厘，谬以千里了。

更多的是因那时的囊中羞涩，但又忍不住对咖啡的向往。经常会去小坐，三五知己，围坐一桌，点着各自喜欢的饮料。桌间有卖花生的女子串行，用竹篮提了，不用称，一元一杯，简简单单的就实现了童叟无欺的境界。有时花上几元，可坐许久。店主亦不会有嫌弃之意。

于是，咖啡在我的生活里一直是热闹而简单着的。可是，自从离开那座城市，咖啡与我便又一次几近绝缘。

第一次走近这座城市，看到琳琅满目的咖啡馆。一律的装修就直逼你羞涩不已的钱包。所以从来也未曾想过去领略一番。

前不久，与朋友梅一起去了上岛咖啡。在那里的咖啡又是别样的景致。

走进去，当然与以前的咖啡大不相同了，那份安静与空气氤氲着的某种气息，让你不得不放放轻的脚步。话语亦是轻柔了许多，偶尔有人说话，亦似耳语一般。

梅喝着咖啡，看着那精致的碟与杯，还有那盛放着糖的容器，小巧且有些脆弱的样子。梅用小勺漫不经心的搅动，似乎不是在匀和一份苦，而是在搅动一番思绪，一种生活。那一刻的与我想象中的咖啡居然有些相似了。恍惚间觉得梅与咖啡是如此的相宜，那咖啡便似一个三十岁女子华丽的寂寞，美丽中带着清浅的忧伤。只是感觉那样的精致，离我有些遥远。

也许咖啡与我更多的感觉是热闹而简单，而没有那许多的精致与奢华。又或许，精致的寂寞与我是有些距离的。

不管如何，在现实里，咖啡已经逐渐离我远去。淡出我的生活，连同那份热闹。

清茶

有人说女人如茶，而三十岁的女子更是如一杯清香幽雅的清茶；也有人说茶如人生，先有浓浓的苦涩，而后苦味渐渐淡去，以至于无。

茶如人生，女人如茶都有些道理。可在我的感觉里，茶更似极了人的感情。初始时浓郁热烈，感觉都是极其鲜明，爱或者恨，似头道茶；继而微苦似有淡淡甜味，感觉有些许宁静，些许幸福，似二道茶；在多年后想起，仍然会在如水的月光里揣想，那份感觉就如第三道茶，清淡然香气悠远、绵长。

当然，如茶的感情，需有懂得品茶之人。一杯为品，两杯为饮，三杯则为驴饮了。

当今社会，生活节奏不断加快，让人的精神生活都以一种速食方式存在。更何况以当前的信息社会，时空的距离都在无形中缩短。人与人之间相识的方式也愈来愈多，造就太多的人对于感情，只是或者只能以一种"驴饮"的方式来对待。

如是这般，解渴倒是解渴了，只是白白的浪费了好茶。再好的茶，都得有懂的人来品，若不然，上好的龙井也与一般无二了。

缘于生长在一个产茶的地方，自小的耳濡目染。对于品茶，仍是外行。但一直喜欢喝茶，哪怕到了南方，日日与纯净水打交道，再热的天，也是一定得用沸水泡茶。

喜欢看茶叶一片片在水里慢慢的舒展开来，那些曾经的青春，在渐渐泛出茶色的水里游弋。就如同年华老去的女子，某个温暖的冬天，于阳光下想起曾经年轻的时光。无论美丽与否，都会让青春在想象里慢慢舒展，都会有一份有些泛黄，但清澈如水的记忆。

若是毛尖，是没有叶片的，用透明的玻璃杯冲泡了，是不会有舒展的叶片，一根根如剑戟林立于杯中。那时便有一片小森林在杯中悠然了。那样别致清秀的森林，世间是不会有的，诚然如毛尖般的情感，便也是不可多得的。

毛尖泡出的茶水不会有普通茶的汁水浓厚的，更多的是那份淡雅的茶香。一如经典的爱情，也许于千万人中，只是一回眸，便缘定三生。便会在多年后想起，都会清澈如昨的记忆。那样的感情，只可随缘，不可强求。也如那茶般，清浅随意便好。

如若在我们老去时想起的，仍是如茶的清香，悠长在记忆的某个角落。彼此就不会后悔有过那样的惊鸿一瞥，让记忆里那份清雅如茶香般绵长……

如此这般的想着，便想做一个如茶的女子，让人生如茶，邂逅一段如茶的情感，让自己在年老时对自己轻叹：茶之味，吾之身，吾之心，便足矣。

轻语随笔三

梨花

喜欢梨花,其实很简单。因为接触过的花并不多,自己的想象力又有些空乏。所以就喜欢上贴近自己,自己熟悉的梨花。

大山里的四季,总是如山的轮廓一般分明。且一季有一季的繁华。我喜欢三月的梨花,缘自于一份简单。

年少时就已经不可遏止的喜欢梨花。记得那时去上学,可以走的路,有两条,一条是公路,便是车行道,另一条是小路,但难走。若是不赶时间我多半要走公路。或许会在路上拦得一辆车,回家,便是容易多了。

可梨花开的时节,若是有阳光的日子,我一定会走小路。那路其实就是两片梨园中间的一条水渠。如果没有水渠,或许那梨园也不会分开吧。可有了那条水渠,便有了诗意的回望。

每每走过那条散发着梨花清雅淡香的小道,看那渠里的水,顺着山势流下，至转弯处，激流飞溅，水花四起，在阳光下如飞花，如碎玉。空气中浸蕴着梨花淡淡的、不经意的馨香。蓦地就有些飘然之感，仿若可以如燕般飞过梨园。

可因着那份喜欢，总是不肯"飞"的。慢慢的行走其间，那时，阳光被梨花所遮掩，有丝丝缕缕的光线，透过浓密的梨花，偶尔的间隙泄下。风吹过，零零星星的阳光斑点，便在梨园里灵动的跳跃着。或者有几瓣如玉的梨花，轻盈的落下。那感觉没有一丝儿的伤感，有的只是一份雅致与飘逸。

花间偶尔会有鸟飞出，清脆的鸣叫却更显出梨园的清幽，正应了那句，鸟鸣山更幽。阳光似乎也显得安静了。空气中那股若有若无的香气，便愈加的清淡起来。那一刻即使是年少的自己，也会因了那份幽静而端庄起来。也许正因着那份喜爱，便让自己无意间融入了梨园的静里。

梨花开时，那些鲜嫩的绿叶，在花间探头探脑的。那份滴翠般的绿意，更显出梨花的雪白。我以为，梨花的白更胜过雪。那漫山的花，全是不染一丝尘埃的纯净。

看着梨花，便会让人忘记世间的纷纷扰扰，那份纯白让人的龌龊自惭形秽了；那份宁静的白，让人感觉不到一丝烟火的气息，仿若一直就那样开着，那样白着，而且会一直白下去，直到地老，直到天荒……

在那时，往往会情不自禁的放慢了脚步，怕惊醒了那样洁白而纯美的梦境。阳光在梨花间悠然的流淌着。心，便会有一种莫名的情愫，也许是一种向往，也或许是一种羡慕。那一刻有一股"为赋新词强说愁"的伤感涌起，然那伤感也是浅浅的，如那香气般清淡，也或许不能说是"伤感"，只是一瞬间的感觉，半点也无"伤"意。

然，无论我多喜欢那份胜雪的白，梨花终究还是会凋零的。也许某个黄昏，再一次路过，那梨花便大多落到了地面上，仍是胜雪的白，仍是安静如初，仍是纯净如初，似乎原就应该在地面上盛开的静美。心里便有着无限的怜惜，怜惜于那份安宁，那份恬淡……

喜欢梨花，或许更因了那份淳朴，那份随遇而安的宁静。说到美，梨花与其有太远的距离。然说到静，我以为没有一种花可以与之相媲美。

那样的梨花，在异乡想起，总会让自己在纷繁复杂的凡尘琐事里，觅得如梨花般的宁静与淡然，让自己浮躁的心在记忆的梨花里慢慢沉静，慢慢习惯着如梨花般安静下来，习惯着如梨花从容的面对生活。

杜鹃花

每到四五月间，山里的杜鹃花在山顶、山腰甚至悬崖峭壁上，轰轰烈烈的燃烧开来。走过山间，哪怕是不经意的抬头，跳入眼帘的都会有一片如火的杜鹃花，肆无忌惮的盛放着热烈。那份忘我的怒放，让你不由得肃然起敬。

于是，山里人便唤"映山红"。简单、质朴与那花便相得益彰了。

那时上学，总得翻山越岭，山间的小路崎岖曲折，便在感觉里有一种曲径通幽之意。但漫长得几近荒无人烟，就有些害怕。我们三五成群的结伴回家。走回家总需三两个时辰。直到初中时，仍是如此，男女生结伴而行。那时，没有所谓的性别，更没有所谓的朦胧。一个个傻傻的山里丫头、山里小子。在你追我赶间，便将山道一步步甩在身后。

笑声清脆的打破山的寂静，鸟儿被一阵阵的追赶扑腾着翅膀，远远就飞到山的那一边去了。杜鹃开的时节。正是青山滴翠的季节，那一团团火红的杜鹃花，在绿树成荫的山里，更是清晰且夺目。

常见的杜鹃花有两种颜色，一种桃红色，一种鲜红。桃红色花朵略大，花稀疏一些，鲜红色杜鹃花几朵簇拥在同一个枝头，颇有些花团锦簇之感。

记得那时年纪方小，读四年级，老师让我们上山采蕨作为勤工俭学。不知是因着视力还是别的原因，我采蕨总很难有收获的。

走在陌生的山道上，一行三人，虽是孩子，却一点也不害怕。蹦蹦着从这座山爬到那座山。可能还哼着歌什么的，已经是不记得了。但是那种放飞的感觉却是一辈子也难忘的。上得山去，蕨依然是与我们无缘，倒是那杜鹃花烈烈的开在风中，远远的就看见了。

我们一人摘了大大的一束，放在溪水里，自己则躺在溪水中突出的大石头上。将书包做了枕头，仰头望着天。那一束束火红的杜鹃花，便在身边尽情的释放它野性的美丽。阳光如金色的流苏般泻下，那样的天气，总有些"暖风吹得游人醉"的感觉。起初还叽叽喳喳的说着什么，不一会，醺醺然，便次递睡去。

一觉醒来时，看太阳的位置，知道已过了正午。三人各自摸摸空空的书包，心里有了小小的害怕。可时间已过，不可能再去寻了。看见火红的杜鹃，心里的害怕也没了，胆大的波波居然说要带回学校。我是不敢的，云也不敢。我说你带回学校，老师就肯定知道咱们根本没去，而是采花玩去了。波波想了想，便也放弃了她的想法。

可对那些花儿的眷恋，我们谁都不会少一点点。在那样的年纪，对于我们来说，最美丽的就是杜鹃花了，能够在家里的窗台插上一束，便感觉整个季节都火红了。可是，因着那些担心，我们将那些杜鹃花一枝枝排开来，放在溪水里，恋恋不舍地离开了。爬到山顶，回头望那一溪的杜鹃，如一段长长的美丽的火焰，燃烧在那样澄蓝如洗的天空下。那份感觉——高远、空阔、且有些豪放的悲凉。

其实杜鹃花不应该与忧伤有关的，应该是热烈而奔放的，那种对山里人生命力的阐述－倔强、坚韧、不屈不挠，无论身在何方，仍然能够让生命的美丽尽情怒放，哪怕没有人欣赏，但一样会不折不挠的美丽着……

那时的"悲凉"，或许与小小的心愿不能满足有关吧！

也许因着杜鹃的那份热烈，也许因着杜鹃的那份执着，更或许只是因着那时小小的心中的不舍。多年以后，那片阳光下的嫣红，仍然会在想起时——深深的怀念……

轻语随笔四

手工

  自认不是个精致的女子,却因为女人的天性,喜欢所有与美丽相关的情节。喜欢春的嫣红,夏的热烈,秋的丰硕,冬的恬淡,更喜欢生活中那一些属于女人的,小小的精致。

  也或许如我这般,与那些小小的精致,其实不太相符的。然,喜欢了,便不可遏止的只管去喜欢了,并不理会那些符与不符的道理。

  喜欢亲手做一些东西,喜欢看那些彩色的纸带或者简简单单的白纸,在手里长成有生命的美丽。那一刻的欣喜,总是有着一股小小的骄傲感,看着那些自我手中成长起来的美丽,感觉生命便嫣然绽放了纯纯的美。

  想起手工,总会想起一个安静而久远的画面……

  秋天,天空似乎比别的季节更加的高远、空旷。那份如水的蓝里,原本就蕴含着让人沉静的美。也许会有几缕白云,如丝如缕,恍若遥远而又清晰的乐声，若有若无，仔细聆听，却又无迹可寻，然你静下来，却又恍若清音阵阵。那样的天气，让心莫名的就有了一份优雅。

阳光总是柔软而温暖的，也携着秋天的颜色，金黄金黄，但并不刺目。我提了小小的竹篮，篮子里有着红的彩带，有已经做好了的花，还有一应的工具。坐在那样的阳光下，慢慢地把彩带剪成一段一段的，大约做一朵花的长度，然后做成花的初胚，最后用针将做花瓣的那一段，细细的划了、穿插，一朵花便在阳光下盛放了。

做着那一切时，心是宁静而纯净的，一切的世俗与名利都远离那一刻的自己。满心的欢喜也只因一朵花的嫣然，尘俗的一切全然不在那一刻的眼里。伤感，于那时的自己，实在是太过遥远了。

静静的在阳光下，让一朵又一朵的花穿越四季，在掌心悠然……

也许，那时的自己会有一些妩媚吧，沾染了那花的美丽。但那妩媚，也是在多年后想起时，想象里的一种感觉。于那时的自己而言，专注于花的盛放，根本不会想起更多的东西。

也曾用彩带做过玫瑰，用了洁净的白，和艳丽的红。做好，用透明带着浅紫花纹的胶纸包装了，一朵一朵插在花篮里，远远看去，那浅浅的灵慧的紫，便让玫瑰氤氲在一份莫名的忧伤里。

那时，满心的贪婪，想做那男人心中的"白玫瑰"，亦想占据他心中"红玫瑰"的位置。只是，最终也未能送出那份"贪婪"。当然，那份"贪婪"也只能在一片并不明媚的紫里，一直忧伤着了……

那玫瑰直到我离开，仍然是大家公认的"花魁"。因无人可送，便让那花留下了。只是未能嫣然于它盛放的季节，难免伤感了。

今日想起，也许早已被他人遗弃了，也未可知。那些不能携走的美丽，在想起时便淡泊了此时的心境。那份不能成就的"贪婪"，也永远只能在回忆里偶尔想起。

只是，现在想起，仍然不能相信，那个恬静的女子，曾经如此的

"贪婪"过。

常常想起那些做过的手工，想起时便感觉到一种与此时全然不同的宁静。在这个浮华的尘世里来去，感觉自己如风般，掠过城市的繁华，终不能让自己稍做停留。那些美丽，一直只能在想象里翩然。

也许多年以后，还会有机会去重拾那份心境，无论怎样的平和，岁月已然老去，而心境是否也会老去……

编织

织毛衣的天分，应该遗传自母亲，喜欢上织毛衣，也许缘于雪。

记得那时尚年幼，每当寒假时。母亲在吃过饭后，把炉灶里烧饭留下的炭火，用灰压了。放在镂空的筐里，用被子盖住。母亲拿着织了一半的毛衣，或者毛线和竹削的针。拥被坐在那寒冬的温暖里，和母亲一起有一搭没一搭的闲聊着。隔着那薄薄的竹壁，听得到屋外寒风啸叫的声响，一阵紧似一阵，来来去去的徘徊在竹壁的另一边。想象着那大团大团的雪花，在天空里如絮飞舞。就有些温暖的惬意，在周身游走着了。

那一刻的母亲便有一种说不出的柔美，母亲那时应该已经过了美丽的年龄。可是，看着织毛衣的母亲。总让我有一种说不出的羡慕。

也或许是因为心里的羡慕，也或许只因闲着。缠着母亲在冬天教我织毛衣。母亲便拿了短短的针，和一些废线，手把手地教着我织最简单的针法。初学时，我兴致盎然，很有些信誓旦旦地对母亲说，一定要织一件毛衣。听母亲夸着我聪明，便忍不住要实战。于是，在那个冬天，在母亲的指导下，我织了一只手套。

那手套的是没有手指的那种，最简单的，只是分了个大拇指出来。仅仅织了一只，另外那一只半成品，曾经在一次翻箱倒柜时翻出，被母亲笑了很久。

也许在那样的年纪，总难免不了的"五分钟热度"，从而造就了那双无法完成的手套。

看着那只没有完成的手套，心里没来由的就柔软了。莫名的觉得那时的自己一定是美丽的。

那时便想象着，自己于灯下静静的织着毛衣，及腰的长发掩住刺目的灯光，他便在忙碌着其他，或者仅仅只是看电视，孩子则在身边偎着。偶尔，会放下毛衣，洗手沏一杯绿茶给他，然后，互相莞尔。也许他会在忙碌的间隙，偷偷的欣赏我如水的温柔……

这样想着，便觉得那样的幸福温馨了时光，让时光也散发出幸福的味道，一点点的漫过身边……

长大以后，帮别人织过毛衣，也学会织各种各样的花式。记得第一件毛衣是给自己的，并不是很合适，最后便"沦落"成压箱底的专用物品。后来对编织就有些兴趣缺缺，加上后来买的毛衣越来越漂亮了，再也不想去一针一线的织了。

只是，每每织毛衣，都是独自一人的时光，那些想象里的幸福画面一次也没有出现过，恐怕一辈子也未必会有了。

后来，也学会了套花，孩子还未学会走路，待他睡下的闲时，便给他织了各式套花的毛衣。套头的，开胸的，变着花样织着。配着那些花花绿绿的线，一边织一边想象着他穿上的帅气。

那时的自己便恍若母亲的重生吧。

在异地他乡，无时无刻不牵念着孩子，想到痛时，便让家里寄照片过来，照片上的孩子穿着我织的毛衣，憨憨的笑着。心底便被温柔填塞得满满的。

恍惚间又会记起那个拥被而坐的冬天，会想起那些似水流年，悄无声息的淌过，让自己漫不经心的过了花开，那些温暖的感觉似乎就在昨天。那些如絮的飞雪，恍若就在此际浅浅的划过我额际，独留一片清新的暖意在眉端轻绕……

轻语随笔五

音乐

　　如果说识字不多的叫"半文盲",那么对于音乐,我就是"半音盲"了。但是,这并不妨碍我对音乐的喜欢。

　　对于音乐,说到欣赏这两个字,我是远远不够的,我只能说喜欢听什么,或者说,想听什么。现在的音乐充斥着的就是两个字——流行。说到流行,那就是时尚,而时尚难免如昙花一现,绚烂也不过刹那。

　　不喜欢听交响乐,因为那得有一定的修为,自认达不到那个水准,附庸风雅的机会也几近没有。偶尔在电视里见到,也马上调到别处。也许那些复杂与冗长,都与我的简单不太相宜。

　　也许我所喜欢的"音乐",在音乐中浸淫的人来说,只是一种"音乐"以外的"娱乐性"的东西。就如同我的"文字"面对"文学"的尴尬。

就像自己说过的写些自娱自乐的文字，所以对"音乐"也就喜欢着自己的喜欢了。

　　也许我的喜欢，就如同人对漂亮的东西有种天生的喜欢一样，所以喜欢音乐也只是喜欢，没有想过，一定要拘泥于某种形式，某种格调，或者说像那些"追星族"一般，疯狂的喜欢某个歌星的歌。

　　年少里没有过"追星"，已过而立之年的我，更加疏远了那份狂热。一直都只是淡淡的喜欢着，喜欢自己喜欢听的歌，连同那些如诗的歌词。

　　记得上中专时，最喜欢《像雾像雨又像风》，喜欢那种朦胧的美丽。每当那旋律响起，便会轻声的跟着哼"你对我像雾像雨又像风，来来去去只留下一场空。"其实那样的年龄与"你"的关系并不大，也不会风呀雨的感叹。只不过喜欢了，也许因为流行，也许因为向往那样一份忧伤的来去。

　　后来渐渐长大，喜欢了《懂你》，"你静静的离去，一步一步孤独的背影"，这样的苍凉，似乎就是因为"风霜遮盖的笑颜，你寂寞的心有谁还能够体会。"这样的歌，用满文军那充斥着些许沧桑感的声音来诠释，那歌便似乎直接进入了心底，直刺心底的那份逐渐冷漠的心境，感觉到歌中人内心深处的孤独。

　　心，便再也轻松不起来，然，却不是忧伤，不是难过，是一种深深的陷入……

　　"是不是春花秋月无情，春来秋去你的爱已无声"，这样的问询不禁让人动容，所谓大爱无言，真水无香，便莫过于此吧。那时，总会想起母亲，想起她被风霜遮盖的笑颜，想起她被山风涤荡了的青春，想起自己从来没有说过一句爱她。

　　每一次拿起电话说得最多的就是"最近还好吧？"语调的冷漠和言语的屡次重复，让自己都有些厌倦了。虽然母亲的听力已经严重影响了我们的交流，可母亲仍然在电话那端不断的絮叨着，听着母亲声音里逐渐浓重起来的苍老，心便有些说不出的味道。

　　此刻写着这些文字，其实并没有听那首喜欢的《懂你》。最近也许是心情的缘故，一直都听一个朋友发给我的佛乐，没有歌词，一片的祥和与宁静。听着就感觉那音乐如水淌过，将心中的烦恼洗涤了。似乎心也回归到那份最原始的纯真，能够用一种从来没有经历过的心情，去感受哪怕一丝细小的感动。

　　也许那就是返璞归真吧，可凡尘俗事缠绕着的我，毕竟也只能偶尔"回归"。有着那样的"偶尔"便似乎让心，在这纷扰中有了片刻的歇息；有着那份"偶尔"，便更多的感受到朋友的关爱，亲人的关爱。

　　不管世事如何的变迁，仍然喜欢着这个的"偶尔"。所以，相信自己会这样一直的喜欢着这样的"音乐"。而不去理会是否合乎潮流，是否与"欣赏"有距离。

　　这样想着，喜欢着的佛乐便在心底一遍遍的流淌了，心也安静下来了……

跳舞

　　舞蹈是可以看的音乐，一直这样认为。其实对其并不痴迷，也只是如"音乐"一般喜欢了。

　　对于舞蹈的欣赏，更多的来源于某些电视节目，以及一些晚会之类。仅限于知道杨丽萍和她的孔雀舞，还有春节晚会上那个让所有正常人感叹的《千手观音》。

　　音乐响起，所有舞者便用肢体语言诠释音乐中的韵律，那些柔美、刚强、向往等等所有的感触，都通过舞姿表现出来。那时的舞者便只是一个音乐的载体了，总是这样简单的以为。

　　因为环境，或者是因为太安静了，与舞蹈一直是没有什么接触的。

小学的时候，念书的学校五个年级总共才五十来人。每到"六一"儿童节前夕，老师便会编排些节目，以供节日那天的汇演。因为人不多，所以也就没有太多选择的余地，我便也很"荣幸"的做了几次演员。

　　印象比较深刻的当属四年级时，老师编的那支《飞吧，鸽子》。仍然记得那歌词"飞吧，我心爱的鸽子，云雾里你从不迷航"。老师也是不专业的那种，是教我们语文的代课老师。但在那时的我们眼里，那真是无所不能的，感觉里很有些"才华横溢"的味道。

　　所谓崇拜，有两种状态，一种是别人真的值得崇拜；另一种是知之甚少，所以崇拜。而那时的我们就处于第二种的状态。对于那个小个子女老师，那时的我就是"崇拜"得不得了。总觉得她真是神了，无所不会。唱歌、跳舞、语文、数学等，无所不精。想想将来如果真像她那样也就如愿了。现在想来，那时的志向未免有些可笑了。

　　因为不专业的老师，不专业的"演员"。我们的表演当然是一败涂地，而且一次又一次的与奖无缘，然，仍然会再接再厉、前赴后继的去编，虽然仍旧是空手而归。可那时，我们的认真却是不容置疑的。一招一式，都力求标准，与自己想象中的完美无限贴近。

　　现在想来，那一种单纯的"学习"的心态。总有些羡慕当初的自己，在那样的年纪，明知道不可能得奖，然而仍然努力的认真地去学，丝毫不会影响学时的积极性。到如今这般年龄，对于知道结果的事，哪怕只是知道个大概结果的事，我相信都没有人会有那份年少时单纯的"认真"了。

　　不知道，随着时光的流逝，我们是在进步，抑或是在退步。这样的问题常常问得自己也有些茫然了。随着年龄的增长，我们的人生阅历、自身素质应该说都在不断的提升，然而，却失去了最初的那份"认真"。更多的时候，我们的行事都在权衡得失之间进行，总是在"三思而后行"这样的深思熟虑后才开始。

二十岁那年，有个朋友的公司每到周末有舞会。于是，没事了就被她约去玩。那时接触了"交谊舞"，很是认真的学了几下，因为有些抗拒与陌生人共舞，感觉极其的别扭，失去了很多可以"练习"的机会。于是，水平一直停留在慢三慢四的地步。

第一次学跳舞，被朋友夸奖很有些天赋。其实他教的只是四步，说白了只要会走路的人，都会跳的。后来每每跳舞都会想起他的夸奖，就会莫名的有些感动的笑了。那时明白，鼓励永远比打击更能触动一个人。

至于今天，那些场合早已经是生活之外的概念了。每日里朝九晚五的工作，已经将生活模式化了。跳舞，也只是在记忆里回望，那一年的自己，着一条白色的长裙，长发飞舞着，在灯光下旋转……

轻语随笔六

百合

穿行在繁华里的大街小巷，那不分季节绽放的花，常常会在某个街角，向你灿然微笑。可见到的那一刻，总让我有窒息的感觉，似乎光阴的流转与这个城市无关，遥遥相望的只是相同的似锦繁花，停滞了季节的美丽。

不管怎样，还是爱极了百合，在繁花簇拥中凸现出的那份优雅与从容。一如有着满腹诗书的女子，无论素衣华服，总会让人忍不住侧目。

于是，不管行走在哪个季节，百合的出现，于我，似乎都是一种慨叹。

那份恬静里的淡然，雅致里的野性，无一不让我羡慕不已。

百合，在故乡是极为常见的花，每到这个季节，上得山去，走在崎岖的山道上，也许转个弯，便有百合在一片绿树里向你盈盈浅笑。一根直直的绿茎，叶子排队一般长上去，那叶是修长且有着丝质的纹理。渐近花朵时便没了叶，很有些一枝独秀的味道。花朵是白色的，花瓣的背面自中间的棱处，有浅浅的紫色洇开，似乎就有了一些如梦的故事在风里摇曳着了。

那份出自天性的高雅，哪怕生在山野，仍不掩其贵气。

听人说，百合的花语是——百年好合。我是不知道的，对于那些未曾去研究，也许仅仅是因为名字。也或者是因为百花同一枝上可以有好几朵，有些并蒂花的味道吧。总感觉有些牵强附会的意思。

在我的眼里，百合便是百合。是故乡山野里清雅的精灵，是风中那一盈浅浅的暗香，是记忆里那份清淡而悠远的向往，是童年时争强好胜的印迹。

儿时听小伙伴说，百合花按年龄分的，一枝上有几朵代表着这枝百合有几年的历史。至于真实可考性，从未深究过。只是儿时的心性，年幼的攀比心理，一味地想摘一枝十几朵的，在小伙伴眼里拔那份头筹，但一直未能实现。

若是想独自去山里寻找，父母当然是不许的。路边也会有百合，等得在你眼里盛开，多半也只是一朵，到凋谢时仍然是孤独得无人问津的。

这样的"孤独"对于花，不知是幸或是不幸。如果说热爱自然是让花开在更多人的眼里，那么，那时的我们，鄙薄那花的单调，居然与表象的"热爱"相合了。

我们总在努力地寻找着一枝上有着更多花朵的百合，而我常常是在羡慕里结束自己的寻找，因为母亲的不许，也因为百合的花期似乎总比自己的寻找要短得多。

那时，最高兴的莫过于摘上一枝有两三朵花苞的百合。拿回家来，用母亲废弃的醋瓶儿，灌满清水养了。看那绿色的花苞儿一点点的泛白，在自己的盼望里渐渐盛开。

每天早起第一件事，便是去看那百合是否比昨日更接近绽放了。待到花苞儿张开小嘴时，那心里的喜悦便可以盈满一整天的小脸。那份简单的快乐，便满足的写在眼里，如水一般，随意就将百合即将盛放的秘密"泄露"了……

知道花的盛开已然在进行着，只是离盛时尚早。最是那一段盼望，让日子美丽且漫长……

那时少不更事，只是喜欢那花的盛况，须不知，物极必反，自然亦是，开到最盛时便是将要凋谢之时了。

但多少会有些感慨，百合繁华的短暂，一日一日的盯着那花，唯恐错过了那份美丽。

然，花不知，仍是在自己百般懊恼里日渐萎去……

玫瑰

玫瑰，只能轻唤，轻轻的想象着那样一份温柔的浪漫，在那样一份娇柔里，不敢高声呼唤，唯恐这个春末的绿意，清淡了那一份雍容。

玫瑰似乎天性就该代表着爱情，虽然他们说黄玫瑰代表"友情"，可是，满大街还是红玫瑰居多。可见，爱情似乎总比友情来得阔绰且张扬许多。

对玫瑰的喜欢，似乎是女人的天性。走在大街上，若看到捧着大束玫瑰的女子，一定是满脸的幸福模样，似乎世界就在那大大的一束花里，那花的娇艳也会让女子平添了几分妩媚。他们说幸福的女子总是美丽的，那一刻当如是。

没有收到过大束的玫瑰，也许与自身的条件有关吧。零星的一朵一朵的倒也曾收到过，第一次收到玫瑰，是在二十二岁那年。一个男孩子，等在我回宿舍的路边，据说站了五个小时，从黑暗里走出来，吓得我三魂丢掉两魄半时，从报纸里拿出一枝已然有些蔫了的玫瑰，塞到我手里便走了。

那样的送花方式，也许气氛太过诡异了，没有体会到浪漫，更多的只是惊魂未定的感觉。也许与花的蔫也有关系，也或许与花的数量有关。没有想过，玫瑰与浪漫的关系。只是接过花时，仍然有些犯蒙的，而那人已经走远了。回到宿舍后，拿着花的我，当然成为舍友的取笑对象。被人用瓶养起来，居然也盛放了几天。

记得那段时间，似乎男孩子算好了一般，总在玫瑰将要谢时，便会如法炮制的再送一枝，玫瑰便在宿舍里美丽了很长一段时间。然而，最终还是没有能融入那一份浪漫里。也许与送花的方式有关吧，没有仔细地研究过。

儿时，家的附近有个老头非常的喜欢养花。家里有一株非常漂亮的花，那时我们便以为是玫瑰。现在想来，也许不是。花是桃红色，花瓣总是显得很脆弱，薄薄的，似乎经不起任何的风吹雨打。然而，那花在家乡的风雨里，仍然会盛放得满树阳光。

每每风雨的夜晚，便会在第二天早上去看那花，居然会在阳光下带着宿夜的雨滴盛放，更多了几许娇柔。让人不忍去触摸。喜欢花草是女孩子的天性，有着那样漂亮的花，自然会想方设法的摘一朵两朵。总与同村的另一女生合谋，要如何如何去弄一枝方好。但老头喜欢花，看得也紧，每每后院有动静，便会连说带跳的走出来"小兔崽子们，又合计我的花呢！"

每每那时，便与那女生做鸟兽散去。实在是没有胆与老头对峙。那样的合谋总是在老头的一声喝问里溃不成军。事后，便会彼此的埋怨对方的行动太慢，或者互相的指责动作太大，引了老头出来，又或者便会指责那老头的"吝啬"。气极了便发誓"若等你不在家时，连根拨了去！"

那样的气话总是有些孩子气。但居然真的等了一次机会，让我们得逞了。与同伴去摘时，便说："只能摘一朵，太多，老头会发现的。"于是，一人摘了一枝，那花便在我的世界美丽了几天。当然也不能让父母知道的。只能是偷偷的藏在书桌底下，等得没人，偷偷拿出来欣赏。

现在想来，那样的欣赏倒不如大大方方的去老头后院看那满树的鲜艳。可儿时的心性，总是有些顽劣。总觉得那花美丽给自己一个人了，便满足快乐地睡去，在梦里都会有花的清香。

此刻那养花的老人，已然作古。只是他一定不知道，那样一树繁花，曾经美丽了多少我们儿时的向往，又曾经带给我们多少美丽的渴望，那样的一枝花，又美丽了我们儿时多少记忆。

记得前些年回去，那花已然不见踪迹了。或许与老人一起作古也未可知，这样的话语与草木无情有些相异了，但一直觉得花草也是有灵性的东西，似乎与人一般有着喜怒哀乐，于是，便被人用来作为某种情感的寄托。

只是，再美丽的花，总有谢的时候，看着那花的美丽在一日一日的萎去，如同人生，走过自己的繁华，在岁月里一点点的归于平静……

轻语随笔七

睡莲

都说盛世的牡丹，遗世的莲。不知道那"莲"是否就是睡莲？记忆中的睡莲只是一朵，然而那一朵已足够盈满我所有关于莲的心事。

时光轻悄的走过了些什么。如莲的心事静静绽放在思绪的夜里，缓缓将岁月的风尘荡涤。遗忘，终究只是被别人遗忘，而不是自己将自己遗忘。这样的心事，更多的在沧桑里凸显出一份宁静，美丽也许在太多的时候与自己无关，可那一刻的沉静一定是美丽的——如莲。

想起那多年前那朵莲，一直定格在记忆里——美丽、安静、清雅。那是因一己之私得到的一份悄然的快乐。在那段年少的时光里，因为莲，让自己曾经在那静不下来的年龄里，安静的陪着那份清幽，慢慢的长出一些如莲一般的淡泊。

那时，刚进一所新的学校去念书。一切都是新的，学校新修的花园里，有一个圆形的水池，水池里有石雕的两只仙鹤，还有一座假山。那山在山里的我看来，真比不上家里一块石头大。更觉出那份造作的"假"来。山上有一座精致的小凉亭，当然只是装饰。红色的飞檐，绿色的琉璃瓦，有阳光的时候，颇有些金碧辉煌的味道。

最让我心仪的便是那池中心的一株睡莲。水并不清澈，因为不流动感觉有些浑浊，仿若有尘积在水里，似乎有些凝重。但因了池中那株睡莲，一切都鲜活起来，浮在水面的两片叶子，绿茵茵的，有些单薄的模样，有风来时，便随波轻晃，一股让人羡慕的闲适与惬意便与风一起游荡了。

一段时间后，那莲开始长出两个小小的花苞。等那花开的时间，总觉得漫长且无奈，恨不能到池中心去掰开来看看，那花苞里孕育了什么样的美丽。可循规蹈矩如我，终究只能是等待。那花，终于在我千盼万盼之后，在一天上午开了，只是半开之势。花瓣呈弧状的立起来，有些与我想象里的宝莲灯相似了。

待到第二日，那花便完全的盛开了，每一个花瓣似乎都在极力展示自己的美丽。争先恐后的以最静美的方式盛放在阳光下。感受到一种极内敛的绽放，蕴含着一股柔韧的生命力，但一丝儿也不张扬，全然在不经意间就将你内心深处的赞叹占据了。而只能是叹，那一刻的你，一定找不出更合适的形容词。

文字，在那一刻会显得苍白且脆弱。也许因为那一刻的惊叹，便一直想着将那莲据为己有。只能是想想而已，从来不敢擅越雷池一步的我。摘花，想想都已经过了。

于是，每天上午第二节课下了之后，课间操完毕，都得去池边看上一分钟、两分钟。因为那花，总要等到那时才会开。也只是两个小时左右，便又合上，如花苞一般了。

一个星期天，我正在水池边看那莲。同班的两个男生也走过来玩。

见我盯着莲，便说你喜欢那花？我忙不迭地点头。高个一点的对另一个说，我们帮她摘下来。我心里窃喜，但仍然拒绝了。可男生天性有些顽劣，两人虽听我说了不要。可对那花有些好奇，两人说如果一个拉着另一个，能不能够到那朵花，如果能就摘下来仔细看看。两人便认真的谋划了一下，看看四周无人，一个站在池边，拉着另一个的手，第一次并没有成功。但与那花的距离已经不远了，两人再一次"合作"，成功的将那朵莲摘下来了。

两人拿着花仔细看了一下，便递给我。我如拿着一个烫手山芋般，拿也不是，不拿也不是。最后还是惴惴的藏在衣服里，用一个阔口瓶子装了水，养在课桌里。

于是，每天不再离开那课桌了，下了课也不四处溜达了。上课时也会把课桌拉开一些，看那花慢慢的盛开，慢慢的合上。因那瓶的透明，花便显得更鲜了，但没有俗气的艳丽。

那朵莲一直静静的开在我的课桌里，开在那个透明简单的阔口瓶里。花期不算短，但对于我的喜欢来说，实在是太短了一些。直到那花谢去后，居然已经习惯了那样安静的坐着，不再有那个年龄的浮躁不安。

想想也许是那莲的静感染了自己，让自己在那个不安分的岁月里，能够安静的坐下来，平心静气的去聆听岁月的足音，更用心的去体会那莲在记忆里的悠然……

栀子花

何炅一首《栀子花开》开遍了大江南北，歌词与节奏，都非常的明快，但由于自己对音乐几近弱智，时至今日，仍然是不会唱的。喜欢那歌的简单与纯真，用何炅的声音来演绎，真正是再恰当不过了。

每每那音乐想起，便会在脑海里出现一朵朵乳白色的栀子花。便会有馥郁的浓香扑鼻而来，就有与栀子花相关的记忆纷至沓来……

栀子花在我的印象里，总感觉像邻家女孩擦了厚厚的雪花膏，香气虽然有些浓了，却怎么也脱不了那份纯真。

那时就读的学校里，有个小花园种了不少栀子花。每到栀子花开的时节，整个学校都会有浓郁的花香。栀子花的香，真的只能用"浓烈"来形容，然而那份浓，却让人丝毫感觉不到俗气。走远了，那花香，似乎也尾随而来了。

栀子花开并不需要去看，每每同班的女生扎了花来上学，便知道是栀子花开了。去学校的小花园看时，那些花儿都恰恰然的开着了。乳白色的花瓣，有些瓷器的感觉。据母亲说，那时曾经拿栀子花来做菜。我是没有吃过，想来也应该是香气扑鼻的。

那样顽劣的年龄，有着那样美丽且香气袭人的花。自然是少不了去糟蹋那些花儿。

一日清晨去上学，同班一男生在脖子上挂佛珠似的，挂了一圈大大的栀子花，虽然女生们偶尔也会偷偷的摘上一朵两朵，用瓶养了在宿舍。可那样大手笔的糟蹋，让我也觉得心痛了。看他那般张扬，以为是从别的地方买的。

问及，他却说是刚从花园里摘的，仔细凑近了看，居然还有露珠在花瓣上。晶莹剔透，在花瓣上欲滴未滴，仿若泫然欲泣的泪滴。莫名的就感觉到一种细微的疼痛，心似乎被细细的针扎了一下。不忍再看那花，男生却将花环一把扯下来说，没什么好玩的。

我忍不住说，你看你糟践它干吗，玩了没十分钟吧。男生便将花往我课桌上一扔，送给你了。拿着那花环，一朵一朵小心的拆下来，居然有几十朵，由于他摘花时枝很短，根本没有办法再去用水养了，只能看着那一堆美丽的馨香，在我的课桌里慢慢枯萎。那一段时间，打开课桌总是有一股让人精神为之一震的花香，而那香也随着花的萎去渐渐淡去。

在那样一个"为赋新词强说愁"的年龄，居然就真有些感叹青春易逝，红颜易老了。想起人生一世，草木一秋。而我课桌里的栀子花，便如同那些被环境或者其他的外在因素，导致过早凋零的生命，很有些怅然了……

因为摘花的人太多了，致使那花园里的栀子花，虽然树多，但几乎没有看见过盛开的花朵。导致学校采取了非常极端的措施——见到一朵，不分青红皂白，一律罚款五元。而且给栀子花喷上了剧毒的农药，警告说：一旦触及到皮肤便会溃烂。

这样一来，便吓退了许多摘花的主。那农药是否有那样的功效，谁也没有试过。

于是，那花园里的花渐渐的也开得有些花团锦簇的模样了，那时，教室在三楼，靠在栏杆上远眺那花的盛况，有花的清香从风里传过来，会有一瞬的错觉，那些被我们摘去的花，都在枝头繁茂了……

现在回想起那满课桌的清雅，便会有一种清浅的疼痛，扎入心里。在这个纷纷扰扰的红尘里，仍然感触到当时的那份单纯，或许真有些造作了，但是感觉如此真实而清晰。或许，生命里有些东西，有些感觉，是永远也无法让人淡忘的……

我们一直走在自己的行程里，不断的遗忘，不断的记起，属于自己将会是什么样的归宿。谁也说不清楚，如同那花，盛放时满怀激情，却不料被人采摘。失去了生存的根，盛放就已然是一种悲剧色彩了。

然，始终以为，只要全心全意的盛放过生命的最真，便足够了，如那花，美丽过了，便无悔……

轻语随笔八

日历

  日复一日的重复着数据的加减乘除，终也不能将日子里的幸福像数据一样的叠加，而疼痛如同常用的计算器一样"清零"，而岁月，并不因为我的漠视而停驻哪怕一小会。望着对面墙上那本从未翻动过的挂历，似乎感觉到时间的凝滞。

  视力并不是很好，坐在自己的位置上，只能看到那挂历封面的深红，居下端有几个金色的字，大约是年份什么，在我的目光里模糊着。封面的正中，镂空了露出里面的一幅画像，曾经仔细的看过，知道那是观音，在我的视野里也只是一片朦胧的金光四射。

  那日历虽然是挂着了，但并没有谁去翻看，真正要查某个日期时，便会翻到那月那日，感叹五个月的时光，不过是印刷着数字的五张纸而已。

翻起的那一刻，似乎五个月的流光，瞬间从指缝间漏却了，回头，却是再也望不见了。只空留下那印刷精美的纸张，似乎在嘲笑自己刻意的淡泊。

儿时，在家里，看着墙上的日历随着时光的流逝，一页页的被母亲用铁夹夹住。每天清晨，母亲必会将日历翻到新的一页。那时不懂，只知道那厚厚的一本日历翻完后不久，我便可以享受到平日少见的饭菜，甚至糕点。偶尔犯了错，也不会被罚，顶多是训斥几声便罢。

如此这般，便如母亲一般，对着那日历非同寻常的关注着。只感觉那日历似乎被母亲夹起来又放下去了，距离那最后一页，总是遥遥无期。待到最后那几页时，眼睛便紧盯着那一日一日变换着的数字。恨不能将那日历一下子都夹上去，似乎那样，日子便很快地到达了等待的终点。

上一年级时，那些日历上的数字，便成为我功课最好的复习了。最快的速度认识了1—9，只是常常很沮丧，写出来总也不能像日历上的那样漂亮。那时不懂什么印刷之类的，只是非常的叹服了写日历的人。

更由衷的佩服了同班一留级的女生，写的数字居然和日历上的有些相似。只是那个子有些高得让我望而生畏，故而那"佩服"也只能是放在心里，偶尔看着她的背影感叹"我什么时候能写出来那样的数字就好了！"

日子便在那感叹里流走得无声无息，直到今天，我仍然不能将数字写得如同日历一般，不能不说是一件憾事。

自记事起，似乎家里的日历都是一本本的，只是大小不一。大红色喜庆的封面，或者有三两支梅，更多的是一些卡通的画面。那样的俗了，却让人不由得喜欢。

起初的日历非常的简单，翻过封面，便是极薄的白纸上写着年月日，星期几，然后在上面有着农历的日期。除此再别无其他。那时的日历多半被父亲用来做了卷烟。父亲不再抽烟时，同村一老头便来家里要去，也是做卷烟之用。

看着大人们用日历纸，装上一小撮烟丝，卷成喇叭状，于接口处用唾沫润润，一支自制的烟卷便完成了。用火柴点了，吸一口，一律眯着眼，很是受用的模样。似乎那一天的劳累，都随着丝丝缕缕的青烟渐渐淡去了。

于是，也偷了父亲的一点烟丝，用日历纸卷了。偷偷于偏僻地方点燃了，象大人们那样深深的吸一口，哪知却被那烟丝热辣的气息，呛得眼泪鼻涕的狼狈不堪。自此，便再也不去碰那东西。

随着家里一本本的更换着日历，我便随着被翻去的时光，一点点长大。偶尔，那些在手指间悠然缥缈的青烟，只是漫长的岁月里一些心结的模样，渐渐如烟般飞在风里，了无痕迹了……

年画

记得小的时候，过年，除了对吃的向往，更有着对年画的向往。将年画贴满整个四壁，年便在简陋的茅舍里花团锦簇了。即使窗外飘着大团大团的雪花，仍然能感觉到"年"在满屋子的年画里，热情洋溢的向我走来……

打记事起，便清楚的明白家境不是太好。对于年画，只能是热切的渴望，往往存在于自己的想象与向往里。临近年边，偶尔与母亲同去那时的供销社，便两眼放光的盯着那些色彩鲜艳的年画。但自幼胆小，并不敢向母亲要求买。

而母亲一直是个精打细算的女子，年画对于当时的家来说，无异于是太奢侈的东西。自然不在考虑之列的，只能是满心欢喜的看着，怅怅然的离去。记忆里，家里很少贴过年画。去别人家里，总是望着屋子里的红红绿绿，满眼都是绿光，恨不能将那画一幅幅都弄回去。但知道那

191

是不成的，只有拼命的看着，记着。

其实那时节的年画，现在想来过于单调了些，大多是大红色的衬底上，有些神仙之类的人物，或者是素描的梅兰菊竹花草之类的，又或者是些领袖的头像。至今仍然记得邻居家的年画，是十大元帅。浅蓝色的底，着戎装的十个人以同样的姿势骑在马上，在那时的我眼里，那就是十幅一样的图画。多年以后方明白，那是十个不同的人。

有一次去母亲的同乡家拜年，那家刚修了两层楼的房子。四壁刷得雪白。围着客厅四面墙上，贴了十二生肖的国画，每一幅都淡雅、别致、生动、传神。着实让那时的我，看得张着嘴，久久不能合上，心里感叹着，如若自己有了房子。一定要将整个屋子的墙都贴上年画。不管自己转向哪个方向，眼里都是热闹的"年"。

现在想起那时的渴望，便忍不住为那时的孩子气感叹了。再好的画，如若四壁都贴上，对于今天的我来说，是不可思议的。想想那份清雅若填满了整个屋子，便也只能是一堆俗物了。私下里以为泛滥的致雅，常常导致的结果就是流俗。

对年画的喜欢，那时是达到了极致。待到后来，渐渐长大了，便央求母亲买些年画回来贴上。母亲只是说没什么用，但偶尔还是会买一些。那时最流行的年画，便是一个可爱至极的小孩子，头上或扎一两个小辫，面孔一律是胖嘟嘟的，脸上两团喜气的红，穿着红色的小肚兜，手里抱着条红鳞的鲤鱼，意味着——年年有余（鱼）。

至今，年画里的小孩子，仍是是那时的模样。只是现在的服饰大大的变了。都是穿些钱币图案的衣服，脚下踩的什么宝之类的。手上不再捧鱼了，而是金光灿灿的大元宝了。去年回家也曾经买过一对贴于门上，一男一女，他们说是送宝仙女和散财童子。我仍是看不出那孩子与儿时年画里的孩子有什么区别。

也许是因为对于"年"的热闹，仍然是相似的理解，所以那些存在年画里的孩子，永远没有生老病死，什么时候见到都是一脸喜气的笑容，嘴角一律微微上翘，让人忍不住就喜欢了那份俗世中，俗气的渴望与欣喜。

尽管已经走过了迷恋年画的年龄，仍然会于年关将至时，买上一对面孔相似的孩子，贴在自己目所能及的地方。感受那年画带来的愉悦，看着那样的笑容，似乎是穿越了千年，仍然真实而清澈的笑着，看着，就会忘却俗世的烦恼，忍不住像他们一样笑了，也许只是刹那，但有那一瞬间的轻松，便让我们更安静的等待新一年的到来。

轻语随笔九

书法

　　总以为"书法"是个太大的题目,是我不可企及的高度。然而固执地喜欢着,便将心事化作此时的文字,逐渐将心中那些陈年的渴望,浓墨重彩也好,轻描淡写也罢,终是了了一个心愿。

　　书法,在最初的认识里,就是毛笔字。那时写毛笔字,作为副科,在三年级开设。也许因为父亲写得一手漂亮的毛笔字,每到年关,便有认识不认识的拿了红纸来家里,让父亲写春联。看着别家门框上贴着父亲的字,心里的骄傲无法言说。

　　便在心里想着,有遭一日也能如父亲一般,让自己的字贴在别家的门框上。或许那时,也有一个如我一般的女儿在心里为我骄傲。这样的想法便不由得爱上了那份墨香。很认真地听着老师说"点如瓜子撇如刀""横轻竖重"等。看着自己练习本上的红圈越来越多时,心里暗喜,又靠近那份纯真的愿望几分。

曾经在小学四年级，获过当地小学生书法比赛的三等奖。那张奖状是我所有学生生涯中，最让我惊喜的，因为没有期望过会获奖，总以为在那样"高手如云"的赛场，根本没有我的一席之地。只是因为一贯的服从，参加了那场比赛。那份意外收获的惊喜，至今难忘。

那张奖状，让我对书法的喜欢更多了几分。回家再也不像其他伙伴一样野，而是看父亲练毛笔字，在一旁静静地看着，但不久呆，且不言语。年少时，父亲给我的印象一直是严厉的。虽然心里万般的希望得到父亲的"指点"，然而，嘴却无论如何张不开的。

一次，堂兄来家里，我正在练字，便叫他也写几个。父亲在一旁看着，精心的指点，十分细心的告诉他该如何运笔，一边说一边示范。我的心里在那一刻是说不出的滋味。在家里练字已非一日两日，父亲却从未指点一二。原以为父亲是不想指点孩子，此刻面对堂兄的关注，让我那时对毛笔字的热情，一扫而空。自那时起，再也没怎么碰过毛笔。

年少的一时感慨，让自己在很多年后想起，只能遗憾了。年少的心，总是轻易受伤，而此刻的自己，只能面对那份"受伤"——感叹。

记得中专毕业后，呆在家里，曾经重拾毛笔，练过一段时间。那时，只是为了修炼性情，希望自己能够在那毕业后的空旷里安静下来，让一切的浮躁在那份墨香里，慢慢沉淀，让青春太过张扬的思绪在墨香里沉静一些。

或许，青春原本不是一个安静的年轮，而我也不过是万千尘埃中的一颗，只能随着时光沉浮。仅仅一段时间，没能坚持下来。可对于书法的喜欢，一直就是心里的一个结。

出外工作，曾经在一家小小的工厂做人事。因工作的原因，写过招聘广告。也许书法在当代，已经远离了人们的生活，就我那样不成气候的字，居然也被人夸奖。当然，并不真的就会骄傲了，只是在心里莞尔。

走在大街上，路过自己写的广告，心里居然没有什么感觉。或许，是因为已然明了，年少时的那份期望，在这一刻是如此的安静，不起一丝波澜的沉睡在那段年少的时光里了。可是，仍然会在某个午夜梦回时想起——那份纯纯的、傻傻的愿望。

　　那样的愿望，会让自己在瞬间有着返璞归真的感觉，似乎时光如水般淌过时，并没有将世俗的气息一起携来，仍然会有着真真切切的念头——向往那份简单的感觉，喜欢着那份简单的向往。于是，便会在脑海里想象，自己重拾一管狼毫泼墨的模样，忍不住将那份想象里的惬意挂在了脸上——笑了。

画画

　　知道有一门专业叫"美术"，属于高雅的范畴，而我的"画画"仅仅只是普通的喜欢。正因为我的"画画"难望其项背，所以就有了些孩子气——画画。

　　似乎女人的天性里，对于花红柳绿都有着自然的向往。很小的时候便希望能够将那些易逝的美景一一的描下来，挂在自己想要的每一个季节里，一直的远离凋零与消逝。在年龄渐长时，更多的感觉到，自己面对自然的无可奈何，更想用一种自己的方式去记录。

　　一个季节有一个季节的美丽，人生亦如是。可本性中的贪婪，让人在夏时揣想春的妩媚与清雅；在秋时，想念夏的繁茂与丰盈；在冬时，怀念秋的高远与辽阔；在春时，感怀冬的洁白与纯美。这样不断的循环着自己的想象，便萌生了学画的念头。

　　儿时，每每看见母亲描帐沿，或鞋面鞋垫的花样。那一幅幅灵动有致的图画，一点点的展现在眼底。便会手痒难耐，用父亲做账用的信纸，一笔一画的描着。但总不能让自己满意。感觉那花瓣的弧度不如母亲的圆，藤蔓不如母亲的活，叶子也不如母亲的舒展。至今仍然只能感叹，母亲对于绘画，那份天生的悟性。

但我的临摹能力却是不容置疑的。曾经买过一本席慕蓉诗词的钢笔字帖，常常拿来临了，有时不用稿纸，便用黑笔临在一旁。于是，常被借用的同学埋怨，分不清哪是字贴上的，哪是临摹的。那时，便会掩嘴偷乐。

对于画画，我亦如此。记得六年级，曾经与同班一极擅长绘画的男生打赌。起因已经忘了，大约是自己先告诉男生，自己的临摹能力"非凡"。那男生自是不信，遂要求我和他一起临一幅画。那幅画是他铅笔盒上的卡通图片。仍然记得很清楚，是个黄头发，扎着蝴蝶结的小女孩，牵了一条小狗。

整幅画给人的感觉就是线条流畅，色彩非常鲜明。当我们开始打赌时，已经有人自告奋勇的做了裁判。我们俩同时开始对着那铅笔盒临摹，差不多同一时间结束。但结果对我而言是没有悬念的，我的临摹比较成功，但他的临摹渗入了自己的风格。裁判在还没有结束时就已经逃之夭夭了。

结果不了了之，倒是那男生非常中肯的告诉我，我的临摹能力很不错，但绘画需要的是自己的风格，而不仅仅是临摹。当然，就我而言，也从来没有想过要成为大师，只想着能够把自己所见画下来。如果大自然的图景，我也能临摹了，倒不失为一种成功。

自与那男生打赌后，更加的喜欢上绘画。上到初中，美术老师曾经拿着我的美术作业本，误以为我是参加了美术二课堂里的二姐。当他拿着我画的一幅素描，问我是不是自己画的。我很骄傲地告诉他，是。那老师的评价，到今天仍然让我觉得喜欢——看来，你姐妹俩都有些绘画的天赋。

然，那天赋被我们一再的忽略了。没有像今天的孩子那样，有特长的可以加强培养之类。任其自生自灭。再多的天赋，也只能慢慢的趋于平淡。到后来，连最初的喜欢也被自己慢慢忽略了。

去年回家，帮母亲描鞋垫的图样，仍然可以描得很像。而且可以像母亲当年一样，画些自己想象中的花鸟，藤蔓也会活起来，叶片也尽可能与想象里的相似。但心里明白，那些花草鸟虫，与自然已相去甚远。

临摹自然的想法，只能永远的存留在最初的记忆里。也许以后有机会，可以让自己面对自然时，平心静气的临那份最原始的风景，实现自己儿时梦想，把四季挂在自己想要的时光里，无论季节如何变换，喜欢就可以与之相伴。

或者，在春天想象夏的妖娆，就让夏自笔端流淌……

那份感觉——让我神往……

轻语随笔十

颜色

来到这个城市的时候，尚是三月初，阳历的三月，在这个城市仍然冷得要着羽绒服。嫩绿的色泽，厮磨在耳际的绿色轻绒，感觉到那份料峭春寒。只是室外，那些树与草，都已经开始在轻寒中露出绿色的新芽，慢慢在眼底弥漫。有一份雅致的安静，那样安静得让人心疼，就在你不知不觉间，那些绿意就开始在视野里从一绿清泉流淌成一条小溪。那溪水也随着时光的递进渐渐汇流成河，当满目的绿意在窗外泛滥的时候，时光已经是四月初了。

四月里，桃花，似乎就在一夜之间开了，开得那么咄咄逼人。于那院墙内伸出到道外，一树桃花有一大半都已经出了墙。不管不顾的开着，真觉得一如雪小禅所说开得"放荡"。一味的放肆的将自己的美张扬着，那花娇艳的粉红，有一份仿佛的娇羞，却隐隐有一股子妖气。我是不喜的，感觉真有些放浪形骸的味道。

只是那花，再多的娇媚，也终敌不过一场初春的骤雨，也只是一夜之间，就将所有的色彩凋尽。晨起，看着那满目的残红，混着泥泞，伸出院墙的枝丫，也被风吹折，满树的妖气，瞬间就只剩了哀叹的气息。那份零落的感觉，还是会让人伤感。只是现实的生活琐碎太多，只是刹那，就已经远离了。

过了几日，那败枝上的花就消失殆尽，连那原本活着的桃花，都在绿叶间仿佛安静了许多。似乎没了人多势众的霸气。而我，似乎更喜欢如此，开得太热闹了，总是令人有些生厌。

原本，在性子里就不喜那花吧，所以才会在这个季节如此贬了那桃红。

花开过了，绿意就更加浓烈起来。春里的绿，总让心生柔软，有一份寂静的暖。落在眼底，进入心里。

这一份绿是大自然慷慨的赠予，能够让心里的纷繁荡涤，洗过的心灵，在新的一年里，哪怕进入这烟尘弥漫的红尘，也会有一份干净清新的感觉。也许正因为有了这一季的绿意，才让自己有勇气面对新的生活。无论还有什么，能够看着这样的绿，洗去尘世的纷扰，就一定能够走向新的希望。

重温

其实已是夏了，在别人的城市里感受着那份雨意淋漓，仿佛回到故乡的春里。

来到这个城市，阳光在眼底肆虐开来。有一份躲不过的咄咄逼人，而清亮的雨水仍然在阳光的间隙里横流，一如这个季节的气候，并不太热。于我，真是一种福气。

喜欢信步游走在陌生里，看那些尘世里的热闹与喧哗，偶尔也会在某个摊位上小驻片刻，看那些并不精致的饰品。只是为了品味生活里的偶遇，那些遇见，就象一见倾心或者说永生难忘。

城市的街道旁，开满花的树上，偶尔会滴下来的水珠，让那份微微的凉意透入心底。自有一份淡淡的欣喜，这个世界，还是会让人觉得温暖。

有一些时光里的故事，就在心底游弋，无法忘怀与不能想起，总是在同一条线上挣扎。挣扎得久了，就会觉得疲倦了。一任思绪在其他的国度神游，仍然在这个城市，踩着自己不变的步伐。

有一些心底的念想，还是念想，总也无法对某个人说出口。当年，我们守口如瓶，多年后的彼此，仍然只能做同样的选择。因为，物是人非。

在这短短的四个字里，人生已经沧海桑田过了，而彼此相对的视线里，还能有曾经的温存与暖意吗？只能放弃这样的想法，偶尔回望里，已经有了太多的茫然与无助。

生命行走到某一阶段，我们选择了合适自己年龄的表达方式——沉默，或者说是逃避。

喜欢重温文字里的美好，那些字，美得让人心疼，那些感觉，也让自己心疼。会偶尔放纵自己去感受去体会，到最后，还是只能回到现实里。千山万水的距离，还是只能疼痛着遥望，何况，中间又隔了那许多的流光与沧海。

彼此，终也只能陌路，重逢亦只能在另一个世界里。只是在那个世界里，还会记得曾经的约定与遥记么？

是否记得红袖添香夜读书的雅致，烟雨迷漫里的低语轻诉……那些曾经，都远远的烙在心底。构成了对文字里的美的追忆，那些往昔，也只能成为记忆。

绝版，珍藏！一生不忘！

当所有的时光都已经老去，唯一还与当年一般模样的，就是彼此的文字，那么，我们还是在文字里相遇在文字里话别，或者说重逢。

这样老去，有一份淡淡的墨香，让我心安。